W0370848

Karl Olsberg

Das Dorf

Band 11: Der Graf

Published by Karl Olsberg
c/o Briends GmbH, 22041 Hamburg
www.karlolsberg.de

Gewidmet Johannes Reker
in dankbarer Erinnerung.

*„Geld ist ein guter Diener,
aber ein schlechter Herr."
Francis Bacon*

1. Ein seltsamer Besucher

„Musst du deine Sachen überall rumliegen lassen!", schimpft Golina. „Wie soll ich denn hier saubermachen, wenn du den ganzen Kram einfach überall fallen lässt, statt ihn ordentlich wegzuräumen?"

„Das ist kein Kram", verteidigt sich Primo, „das sind meine Rüstung und mein Flammenschwert und die Elytren, die ich von Charon bekommen habe, und der Unsichtbarkeitstrank, den mir Ruuna geschenkt hat, nachdem ich das ganze Dorf aus dem Ende befreit habe ..."

„*Du* hast uns befreit?" Golina stemmt wütend die Arme in die Hüften. „Und wer hat sich aus Charons Fähre in die Tiefe gestürzt, ohne irgendwelche Flügel auf dem Rücken, und ist auf dem Enderdrachen geritten?"

„Also gut, *wir* haben das Dorf *gemeinsam* befreit ..."

„Ja, aber komischerweise sind es nicht *wir gemeinsam*, die versuchen, dieses Haus in Ordnung zu halten, sondern immer bloß *ich*, während *du* im Dorf herumstolzierst!"

„Aber Linchen, ich muss doch aufpassen, dass das Dorf in Sicherheit ist. Auch wenn Artrax jetzt im Ende gefangen ist, kann man nie wissen."

„Nenn mich nicht Linchen! Du weißt, dass ich das nicht mag. Und Dorfbeschützer hin oder her, du könntest ruhig deine Sachen wegräumen."

„Aber wo soll ich sie denn hinräumen? Die Kisten, die wir haben, sind voll von Vorräten und Nanos Spielzeug und deinen ... äh, wunderschönen Kleidern und ... und wir haben nun mal keinen Platz, um noch eine weitere Kiste aufzustellen."

Golina seufzt. „Ja, das ist genau das Problem. Wir haben keinen Platz. Dieses Haus ist viel zu eng für uns drei. Und außerdem ..."

„Was, außerdem?"

„Na ja, es ist ein bisschen ... einfach."

„Einfach? Was meinst du damit?"

„Einfach eben. Es ist nichts ... Besonderes an diesem Haus."

„Nichts Besonderes? Aber das Haus hat eine Schmiede! Kein anderes Haus im Dorf hat eine."

Golina wirft die Hände in die Luft. „Großartig! Das ist wirklich eine tolle Besonderheit dieses Hauses!" Sie schüttelt den Kopf. „Ihr Männer habt einfach kein Gefühl für die schönen Seiten des Lebens."

„Ich verstehe dich nicht, Linch... äh, ich meine, Golina. Ich habe mein ganzes Leben hier gewohnt, und mir hat nie etwas gefehlt. Was stört dich denn an diesem Haus?"

„Du meinst, außer dem Gehämmere deines Vaters, das ich den ganzen Tag ertragen muss, und der Tatsache, dass wir keinen Platz für den ganzen Krempel haben, den du überall rumliegen lässt, und keine Bilder an den Wänden und kein bisschen ..."

Sie wird durch aufgeregte Rufe unterbrochen, die von draußen erklingen.

„Ein Fremder! Ein Fremder kommt!"

„Quatsch, das ist kein Fremder. Der hat eine Nase wie wir."

„Aber ich kenne ich ihn nicht, und er ist nicht von hier, und deshalb ist er ein Fremder, und außerdem, guck mal, wie der aussieht!"

Primo greift sich rasch seine Diamantrüstung und sein Flammenschwert.

„Das sehe ich mir besser mal an", sagt er, froh, der Diskussion mit Golina entkommen zu können.

Draußen stehen Olum, der Fischer, und Kaus, der Bauer, und blicken über den Fluss Richtung Osten. Von dort nähert sich tatsächlich eine seltsame Gestalt. Wie Olum gesagt hat, ziert eine große Nase ihr Gesicht, doch ihre Haut wirkt grau. Am seltsamsten aber ist die Kleidung des fremden Dorfbewohners: Er trägt eine dunkle, vornehm aussehende Jacke mit silbernen Knöpfen über einer grün gestreiften Hose.

„Der sieht aber elegant aus“, schwärmt Golina, die hinter Primo aus dem Haus getreten ist, gefolgt von Paul, dem Wolf, der ihr kaum von den Fersen weicht.

„Findest du?“, fragt Primo. „Aber eine Diamantrüstung ist doch noch viel eleganter, meinst du nicht auch?“

„Hrmpf!“, macht Golina.

Der seltsame Besucher überquert in diesem Moment die Brücke zum Dorf. Paul knurrt.

„Sei still!“, zischt ihn Golina an, woraufhin der Wolf den Schwanz einzieht und winselt.

Der Fremde bleibt vor ihnen stehen, verbeugt sich und sagt: „Ich wünsche den Herrschaften einen guten Tag.“

„Welchen Herrschaften?“, fragt Olum und dreht sich suchend um.

„Ich glaube, der meint uns“, stellt Kaus fest.

„Wer bist du, und woher kommst du?“, will Primo wissen.

„Mein Name ist Igor, werter Herr. Ich komme im Auftrag meines Herrn, des Grafen.“

„Des was?“

„Aber ihr werdet doch sicher vom Grafen gehört haben, werter Herr?“

„Äh, nein“, sagt Primo, der sich ein wenig dumm vorkommt.

„Herzlich willkommen in unserem bescheidenen Dorf, Igor“, begrüßt Golina den Fremden. „Womit können wir dir helfen?“

Der Besucher sieht sich um und rümpft die Nase. „Ähem, ‚bescheiden‘ trifft es wohl recht gut, werte Dame. Nun, wie dem auch sei, ich bin hergekommen, um einzukaufen.“

„Einkaufen?“, ruft Kaus erfreut. „Das ist eine hervorragende Idee! Ich hätte da wunderbares Getreide, aus dem man herrliches Brot backen kann ...“

„Wer will schon so was Langweiliges wie Getreide kaufen?“, wendet Olum ein. „Der werte Herr möchte doch sicher viel lieber Fisch, erst letzte Woche frisch aus dem Fluss gefangen ...“

„Hat hier jemand was von Einkaufen gesagt?“, ruft Hakun, der Fleischer, der in diesem Moment den Dorfweg entlanggeeilt kommt. „Ich habe da leckeren Rinderbraten im Angebot ...“

„Ihr habt nicht zu fällig Wein?“, fragt der Besucher. „Ein Mouton Rothschild wäre angenehm, sofern es ein akzeptabler Jahrgang ist. Notfalls täte es auch ein guter Tropfen aus der Region Châteauneuf-du-Pape.“

„Was redet der da?“, fragt Hakun.

„Das muss irgendeine Fremdensprache sein“, gibt Olum zurück.

„Ich sehe schon, ich muss meine Ansprüche ein wenig zurückschrauben“, sagt der Besucher. „Habt ihr womöglich frischen Hummer? Austern? Nein? Kaviar vielleicht?“

„Was ist denn Kaviar?“, will Hakun wissen.

„Das sind Fischeier“, erklärt der Besucher.

Olum bekommt einen Lachkrampf. „Fischeier! Wuahaha! Seit wann legen denn Fische Eier? Das wären dann ja Fischhühner! Hahahahaha ...“

„Ich hätte frische Eier“, sagt Hakun. „Die sind zwar nicht von Fischen, aber auch sehr schmackhaft.“

„Ähem, nun, ich werde wohl nehmen müssen, was ich bekommen kann. Was sollen sie denn kosten, die Eier des werten Herrn?“

Hakun zuckt mit den Schultern. Er hat noch nie Eier verkauft und daher keine Ahnung, welchen Preis er dafür verlangen soll. „Äh ... einen Smaragd, würde ich sagen.“

Der Fremde kramt in seiner dunklen Jacke und holt eine Handvoll grün schimmernder Edelsteine hervor. „Na gut, ich nehme zehn Stück.“

Er reicht die Smaragde Hakun, der sie mit großen Augen anstarrt. „Ich dachte ... ich meinte eigentlich, ein Smaragd für ... äh, Moment, ich bin gleich zurück!“

Während er die Dorfstraße entlang rennt, sehen die anderen sich verwundert an.

„Dein Herr muss sehr reich sein“, vermutet Golina.

„Reich?“, fragt der Besucher. „Selbstverständlich ist er reich. Unermesslich reich sogar. Schließlich ist er ein Graf.“

„Und wo genau, sagtest du, lebt dieser Graf?“, fragt Primo.

Doch bevor er eine Antwort bekommt, hält Olum dem Besucher einige Fische hin. „Seht doch, werter Herr, hier, das sind echte Fischhühner! Sie haben zwar noch keine Eier gelegt, aber dafür sind sie fast ganz frisch!“

Der Besucher betrachtet die Fische, die schon ein bisschen seltsam riechen, mit gerümpfter Nase. Doch dann nickt er, greift in seine Tasche und holt noch mehr Smaragde hervor.

„Na schön, ich nehme ein Dutzend davon.“

„So viele hab ich gerade nicht bei mir“, ruft Olum, der sein Glück nicht fassen kann. „Warte einen Moment, ich hole nur schnell meine Angel.“

„Und ich?“, fragt Kaus. „Was ist mit mir? Wollt Ihr nicht vielleicht auch etwas von meinem wundervollen Getreide kaufen, werter Herr? Ich versichere Euch, es ist von hervorragender Qualität!“

„Na schön, wenn es sein muss“, sagt der Fremde. Er drückt Kaus ebenfalls ein paar Edelsteine in die Hand. „Ich nehme fünf Büschel Getreide.“

Nun rennt auch Kaus begeistert davon, vorbei an Magolus und Birta, die in diesem Moment den Dorfweg entlangkommen.

„Was ist denn hier los?“, fragt der Priester. „Wieso herrscht hier so eine Aufregung? Und warum sagt mir niemand Bescheid, wenn wir wichtigen Besuch haben?“

„Und wer seid Ihr?“, fragt der Fremde. Sein Gesicht scheint Missfallen auszudrücken.

„Mein Name ist Magolus. Ich bin der Oberste Hohepriester von Allen und außerdem der wichtigste Mann im Dorf.“

„Das glaubst auch nur du!“, wendet Golina ein.

„Ein Priester?“, sagt der Fremde. „Ich fürchte, dafür hat mein Herr keine Verwendung.“

„Keine Verwendung?“, fragt Magolus. „Was soll denn das heißen?“

„Ich bin hier, um für meinen Herrn einzukaufen, und nicht, um mir irgendwelches Geschwätz anzuhören.“

Magolus läuft rot an. „Geschwätz? Was für Geschwätz? Meinst du damit etwa die Worte Notchs, unseres Herrn?“

„Ich kenne nur einen Herrn, und das ist der Graf!“

„Das ... das ist Notchlästerung! Blasphemie! Eine Unverschämtheit! Primo, wirf diesen Frevler aus meinem Dorf!“

„Äh ...“, beginnt Primo, doch Golina kommt ihm zuvor.

„Magolus, erstens ist das nicht dein Dorf, und zweitens ist dieser vornehme Herr unser Gast. Dort, wo er herkommt, herrschen vielleicht andere Sitten. Außerdem hat er für die Waren unseres Dorfes viele Smaragde bezahlt. Wir sollten ihn mit Respekt behandeln, auch wenn er unseren Glauben nicht teilt.“

„Smaragde? Viele Smaragde, sagst du? Wie viele denn? Und wofür?“

In diesem Moment kommt Hakun angerannt, einen Armvoll Eier dabei. Unterwegs fallen ihm zwei herunter und zerplatzen auf dem Dorfweg. Paul schlabbert sie begeistert auf.

„Äh, nun sind es leider nur noch acht, aber ...“

Der Besucher winkt ab. „Schon gut. Gib mir einfach alle, die du hast.“

„Äh, hier, bitte“, sagt Hakun verdutzt.

Nun kommen auch Kaus und Olum herbeigerannt. Kaus trägt ein Bündel Getreide unter dem Arm, das er dem Fremden übergibt, während Olum zum Fluss rennt und seine Angel auswirft.

„Schon gut, gib dir keine Mühe, Fischer“, sagt der Besucher. „Ich nehme erstmal die Fische von letzter

Woche. Den Rest kannst du mir geben, wenn ich das nächste Mal wiederkomme."

„Äh, gut, das mache ich!"

Olum übergibt die Fische, die er bei sich hat.

„Ich wünsche den werten Damen und Herren noch einen guten Tag", sagt der seltsame Besucher, dreht sich um und wandert in Richtung der östlichen Ebene davon.

Nachdenklich blickt Primo ihm nach.

„Der hat mit Smaragden bezahlt?", fragt Magolus. „Für Olums Fische?"

„Das hat er in der Tat", sagt Golina. „Dieser Graf muss wirklich unermesslich reich sein!"

In ihrer Stimme liegt ein merkwürdiger Unterton, der Primo nicht gefällt, obwohl er ihn nicht recht deuten kann.

2. Der reichste Mann im Dorf

Nachdem der seltsame Besucher wieder verschwunden ist, wirkt Golina noch gereizter als zuvor. Gegen Mittag kommt Willert mit Nano zum Mittagessen. Er hat ihren Sohn mit in den Wald genommen, um ihm beizubringen, wie man sich in der Wildnis orientiert – eine sehr nützliche Fähigkeit, wie Primo findet. Golina allerdings ist nicht so begeistert von diesem Unterricht. Sie findet, der Junge sollte lieber etwas „Vernünftiges" lernen, zum Beispiel Getreide anbauen und Brot backen wie ihre Eltern oder auch das Schmiedehandwerk seines Großvaters.

„Macht euch die Füße sauber, bevor ihr ins Haus kommt!", ruft sie. „Ihr bringt ja den ganzen Dreck herein!"

„Was denn für Dreck?", fragt Willert.

Primo kann nur mit den Schultern zucken.

„Was gibt's heute zum Essen?", fragt Nano.

„Pilzsuppe", antwortet Golina.

„Och nö! Nicht schon wieder Pilzsuppe!"

„Tut mir leid, aber wenn ich ständig hinter euch herräumen muss, hab ich keine Zeit, etwas anderes zu kochen."

„Du könntest doch ein gebratenes Hähnchen von Hakun kaufen", schlägt Nano vor.

„Gebratenes Hähnchen? Hast du eine Ahnung, wie teuer das ist? Solange dein Herr Vater nur den ganzen Tag durchs Dorf stolziert, anstatt richtig zu arbeiten, können wir uns sowas nicht leisten!"

„Moment mal!", protestiert Primo.

„Was meinst du denn mit ‚teuer'?", fragt Willert. „Normalerweise gibt einem Hakun doch ein Hühnchen im Tausch gegen irgendetwas, und manchmal auch einfach so, wenn er genug übrig hat."

„Früher vielleicht. Aber die Zeiten haben sich geändert. Jetzt kostet ein einziges Ei schon einen Smaragd, und ein gebratenes Huhn wahrscheinlich drei oder vier. Smaragde haben wir aber nun mal nicht, im Unterschied zu anderen Personen im Dorf, die plötzlich reich geworden sind."

Willert sieht Primo fragend an. „Wovon redet sie?"

Der erzählt ihm kurz, was geschehen ist.

„Das ist aber wirklich merkwürdig", meint Willert. „Von einem Grafen habe ich noch nie gehört."

Das bringt Primo auf einen Gedanken. „Vielleicht sollte ich mal mit Margi sprechen. Möglicherweise weiß sie, wer das ist, oder sie findet in einem von Nimrods Büchern etwas darüber."

„Solltest du da nicht lieber Nimrod selber fragen?"

„Nimrod? Der weiß doch nicht mal, wo das Buch ist, das er gerade in der Hand hält. Aber Margi hat in der Bibliothek ein bisschen aufgeräumt. Sie kennt sich inzwischen ganz gut aus."

„Wie du meinst. Na, ich geh dann mal wieder. Habt noch einen schönen Tag."

„Willst du nicht noch zum Essen bleiben? Golina hat frische Pilzsuppe gekocht ..."

„Äh, nein danke, ich habe gerade keinen Hunger!" Damit verabschiedet er sich.

Primo stochert lustlos in der faden Brühe herum. Sie schmeckt wirklich nicht besonders gut. Golina hat viele großartige Eigenschaften, aber ihre Kochkunst gehört nicht dazu.

„Ich mag nicht mehr!", sagt Nano, nachdem er erst die Hälfte seines Tellers leergegessen hat.

„Der Teller wird aufgegessen!", kommandiert Golina. „Sonst kommt Artrax und holt dich!"

„Das kann er gar nicht! Er ist nämlich im Ende in der Kreisbahn gefangen, das habe ich selber gesehen. Und da bleibt er bis in alle Ewigkeit und noch drei Tage länger, das hat Tante Ruuna gesagt."

„Du isst jetzt auf!", sagt Golina in wütendem Ton.

„Ich mag aber nicht! Immer nur diese blöde Pilzsuppe!" Nano wirft den Teller auf den Boden, so dass Suppe in alle Richtungen spritzt.

„JETZT REICHTS MIR ABER!", brüllt Golina.

Obwohl er weiß, dass das nicht sein kann, hat Primo Angst, sie könnte sich gleich in einen Nachtwandler verwandeln, so wie sein bester Freund Kolle, wenn er wütend wird.

„Du gehst jetzt sofort ins Bett und machst deinen Mittagsschlaf!", befiehlt er Nano.

„Ich bin aber nicht müde", protestiert der Junge.

Golina wirft ihm einen wütenden Blick zu. Nano zuckt zusammen und geht mit hängendem Kopf in sein Bett.

In diesem Moment öffnet sich die Tür und Kolle und Margi treten ein.

„Oh, entschuldige, ich sehe, ihr seid gerade beim Mittagessen“, sagt Golinas Freundin. „Wir kommen später wieder.“

„Nein, ihr könnt ruhig bleiben“, sagt Golina. „Hier mag sowieso keiner mein Essen!“ Dann bricht sie in Tränen aus.

„Was hast du denn?“, fragt Margi und setzt sich zu ihr.

„Komm, wir gehen lieber ein bisschen spazieren“, sagt Primo zu Kolle.

„Was ist denn bloß auf einmal im Dorf los?“, fragt Kolle. „Alle sind plötzlich so gereizt. Vorhin habe ich gehört, wie Hakun sich mit Jarga gestritten hat. Er hat ihr erzählt, dass er jetzt der reichste Mann im Dorf sei und ihr alle ihre Schafe abkaufen könne, wenn er nur wolle, und sogar immer noch Smaragde übrig hätte. Da ist sie wütend geworden.“

„Das kann ich verstehen.“

„Aber ich verstehe es nicht. Wieso hat Hakun auf einmal so viele Smaragde?“

„Das ist wegen dieses seltsamen Besuchers“, sagt Primo und erzählt, was geschehen ist.

Kolle schüttelt den Kopf. „Das ist wirklich merkwürdig. Meinst du, da steckt vielleicht Artrax dahinter?“

„Glaubst du ernsthaft, Artrax würde uns für Smaragde Eier und Fische abkaufen?“ Primo lacht. „Außerdem sitzt er im Ende fest, und Seine Singularität hat mir versprochen, uns zu warnen, falls er aus irgendeinem Grund freikommen sollte. Nein, mit Artrax hat das ganz bestimmt nichts zu tun.“

„Trotzdem“, sagt Kolle. „Mir gefällt das nicht. Dass jetzt auf einmal einige Dorfbewohner Smaragde haben und andere nicht, führt bestimmt zu noch mehr Streit.“

„Ach was“, meint Primo. „Die beruhigen sich schon wieder.“

Doch da irrt er sich. Schon am nächsten Tag kommt es während des Notchdienstes zu einer heftigen Auseinandersetzung.

Es beginnt mit Magolus‘ Predigt: „Notch, der Herr, spricht: Wer arm ist, wird eingehen ins Himmelreich. Wer aber reich ist und die Gaben des Herrn nicht mit den Bedürftigen teilt, der wird im Nether schmoren.“

„Was ist denn das für ein Unfug?“, ruft Hakun. „Ich soll meine Smaragde mit anderen teilen?“

„Unfug?“, brüllt Magolus. „Du wagst es, das Wort Notchs als Unfug zu bezeichnen? Raus aus meiner Kirche!“

„Das ist nicht deine Kirche“, widerspricht Hakun. „Sie gehört dem ganzen Dorf. Du kannst froh sein, dass du hier drin wohnen darfst! Und außerdem hast du mir gar nichts zu befehlen. Immerhin bin ich jetzt der reichste und wichtigste Mann im Dorf, und ...“

„He, Moment mal!“, ruft Olum dazwischen. „Der reichste Mann im Dorf bin ja wohl ich!“

„Quatsch! Der Fremde hat mir zehn Smaragde gegeben und dir nur ein Dutzend!“

„Aber ein Dutzend ist nun mal mehr als zehn, du Dummkopf!“

„Ist es nicht! Und außerdem habe ich ein Dutzend Hühner, und jedes von denen legt jeden Tag ein Ei, und wenn ich jedes Ei für einen Smaragd verkaufe, dann habe ich nach einer Woche ... ganz schön viele Smaragde!“

„Ich finde, Magolus hat vollkommen recht!“, meldet sich Jarga, die Schäferin, zu Wort. „Ihr solltet uns allen von euren Smaragden etwas abgeben, sonst kommt ihr alle in den Nether!“

„Kommt ja überhaupt nicht infrage!“, gibt Hakun zurück. „Wenn du Smaragde haben willst, dann kannst du dem Fremden ja ein paar von deinen Schafen verkaufen!“

„Das mache ich auch!“, schreit Jarga. „Ich werd’s dir beweisen: Meine Schafe sind viel mehr wert als deine doofen Hühner! Die geben nämlich Wolle!“

„Sind sie überhaupt nicht! Sie können ja nicht mal Smaragde ... ich meine, Eier legen!“

„Aber meine Fische, die können ...“, beginnt Olum.

„RUHE JETZT!“, brüllt Magolus dazwischen. „Während des Notchdienstes redet nur einer, und das bin ich! Und wenn hier drin noch einmal einer was von Smaragden sagt, wird der Zorn Notchs über ihn kommen, und meiner auch!“

„Wenn das so ist, dann gehe ich!“, ruft Hakun. „Ich habe es nicht nötig, mir dieses Gequatsche über das Teilen anzuhören. Ihr seid ja bloß neidisch!“ Damit steht er auf und verlässt die Kirche. Nach kurzem Zögern folgen ihm Kaus und Olum.

Einen Augenblick lang herrscht Stille. Es ist noch nie vorgekommen, dass Gemeindemitglieder einfach so mitten während des Notchdienstes gegangen sind. Magolus, der normalerweise nie um ein schlaues Zitat aus seinem Heiligen Buch verlegen ist, wirkt ratlos und geknickt.

„Nun, äh, ich wollte den Notchdienst ohnehin gerade beenden“, sagt er. „Gehet hin in Frieden!“

Draußen bilden sich Grüppchen, die über die neue Entwicklung im Dorf diskutieren. Hakun, Olum und Kaus streiten sich lautstark darüber, wer der reichste und wichtigste Mann im Dorf ist. Magolus tuschelt mit Birta und Jarga. Primos Vater steht mit Kolles und Golinas Eltern beieinander. Sie alle haben sorgenvolle Gesichter und blicken immer wieder zu den drei

Neureichen herüber. Nur die Kinder scheinen unbekümmert: Sie spielen mit Asimov fangen.

Primo diskutiert mit Golina, Margi und Kolle, was das alles zu bedeuten hat. „Wir müssen herausfinden, was es mit diesem Grafen auf sich hat“, beschließt er.

Zu seiner Überraschung widerspricht ihm Golina nicht. „Ich würde auch gern mehr über ihn erfahren“, sagt sie mit verträumtem Blick. „Es muss toll sein, so reich zu sein ...“

„Mir gefällt das nicht“, meint Kolle. „Diese Smaragde haben unser Dorf entzweit. Was, wenn dieser seltsame Fremde wiederkommt und noch mehr kauft?“

„Darüber wären Hakun, Kaus und Olum bestimmt froh“, sagt Golina. „Die haben jedenfalls etwas, das sie dem Herrn Grafen verkaufen können. Und Kolles Vater hat immerhin Bücher anzubieten. Ein so vornehmer Herr liest bestimmt gern. Wir dagegen haben nichts ...“

„Deine Eltern haben doch auch Getreide, so wie Kaus“, sagt Primo.

Golina zuckt nur traurig mit den Schultern.

„Margi, hast du denn irgendetwas über diesen Grafen herausgefunden?“, fragt Primo.

„Leider nicht. In keinem der Bücher in der Bibliothek steht etwas über einen Grafen.“ Sie runzelt die Stirn. „Das einzige, was mir einfällt, ist eine alte Geschichte, die ich mal als Kind gelesen habe. Aber die hat sicher nichts mit diesem Besucher zu tun."

„Was denn für eine Geschichte?", fragt Primo.

„Sie handelte von einem bösen Mann, der Graf Drakulus hieß und in einem fernen Land lebte", erzählt Margi. „Es war ein ziemlich gruseliges Buch, und ich habe davon Alpträume bekommen. Aber mein Vater, der damals noch lebte, hat mir erzählt, dass es bloß eine ausgedachte Geschichte ist und ich keine Angst haben muss, weil es diesen Graf Drakulus in Wirklichkeit gar nicht gibt."

„Und was, wenn es ihn doch gibt?", fragt Primo.

„Muss denn jeder, der reich ist, gleich böse sein?", fragt Golina. „Dieser Besucher war doch einfach bloß großzügig. Er hat den Reichtum seines Herrn mit uns geteilt, indem er Olum, Kaus und Hakun ihre Waren abgekauft hat. Dafür sollten wir dankbar sein!"

„Vielleicht hast du recht", meint Margi. „Es ist auf jeden Fall nicht seine Schuld, dass die drei auf einmal so eingebildet und überheblich sind. Und ich glaube auch nicht, dass diese alte Geschichte irgendetwas damit zu tun hat. Selbst, wenn sie nicht ausgedacht wäre, haben wir nicht den geringsten Anhaltspunkt dafür, dass der Besucher und sein Herr böse sind."

„So oder so, wir sollten versuchen, mehr über diesen Grafen herauszufinden", sagt Primo.

„Und wie willst du das machen?", fragt Kolle.

„Wenn der Besucher das nächste Mal kommt, werde ich ihn fragen, wo sein Herr wohnt, und dann gehe ich hin und schaue mir diesen Grafen mal genauer an."

„Wahrscheinlich sehen wir den nie wieder", bemerkt Golina. „Was sollte ein so vornehmer und reicher Mann wie der Graf denn schon von einfachen Dorfbewohnern wie uns wollen?"

Doch mit dieser Einschätzung liegt sie falsch, wie sich schon bald herausstellt.

3. Der Besuch des Grafen

Golina sieht verträumt aus dem Fenster. Drei Tage ist es jetzt her, dass der Bedienstete des Grafen im Dorf war. Die Aufregung hat sich längst gelegt. Selbst Hakun, Kaus und Olum verhalten sich wieder halbwegs normal.

Kurz nach dem Notchdienst gab es noch einmal Streit: Um ihr zu beweisen, dass er der wichtigste Dorfbewohner sei, wollte Hakun Jarga ihre Schafe abkaufen. Doch die Schäferin weigerte sich.

„Die kannst du dir gar nicht leisten“, sagte sie.

„Was? Ich soll mir die nicht leisten können? Ich habe viel mehr Smaragde als du!“

„Na und? Wie viele Smaragde hast du denn?“

„Zehn.“

„Na, so ein Pech. Ein Schaf kostet nämlich elf.“

„Was? Wie? *Elf* Smaragde für *ein* Schaf? Spinnst du?“

Jarga grinste. „Da siehst du es: Meine Schafe sind viel mehr wert als deine doofen Hühner!“

„Ich habe genug Smaragde, um dir ein Schaf abzukaufen“, sagte Olum. „Ich habe nämlich mehr als der Doofmann da.“

„Wer ist hier ein Doofmann?“

„Gut, dann gib mir elf Smaragde und ich gebe dir ein Schaf“, sagte Jarga.

„Äh, halt, Moment, dann hab ich ja bloß noch einen Smaragd übrig."

„Richtig, und ich bin dann die reichste Frau im Dorf."

„Kommt nicht infrage!", rief Olum. „Was soll ich denn mit deinem doofen Schaf? Ich behalte lieber meine Smaragde."

„Wie du willst."

Seit sie erkannten, dass sie mit ihren Smaragden doch nicht alles kaufen können, verhielten sich die drei Neureichen etwas weniger großspurig, und es kehrte wieder Ruhe im Dorf ein.

Golina jedoch kann den seltsamen Besucher nicht vergessen. Wie vornehm er war, und wie höflich! Noch nie zuvor hat sie jemand „werte Dame" genannt. Sie versucht, sich vorzustellen, wie es wäre, wenn sie auch so einen Bediensteten hätte, der für sie einkaufen geht, ihr Haus aufräumt und saubermacht, vielleicht sogar für sie kocht. Was für ein herrliches Leben wäre das!

Natürlich weiß sie, dass es ihr gut geht und sie keinen Grund hat, zu klagen. Nano ist ein aufgeweckter Junge, und sie ist sehr stolz auf ihn, ebenso wie auf Primo, der zwar immer wieder Chaos anrichtet und sich in nervenaufreibende Abenteuer stürzt, jedoch mutig und tapfer ist und für sie und das Dorf kämpft. Aber man wird ja wohl noch träumen dürfen ...

Ein Schrei von draußen reißt sie aus ihren Gedanken: „Er kommt zurück! Der Fremde kommt zurück!"

Paul bellt wütend, als hätte er die Worte verstanden. Golina sperrt ihn sicherheitshalber im Haus ein. Im Nu steht sie am Rand des Dorfs, wo sich bereits eine große Gruppe von Dorfbewohnern gebildet hat, um den Besucher zu begrüßen. Einige haben gleich ihre Waren mitgebracht und preisen diese lautstark an:

„Eier! Wunderbare, herrliche, leckere Eier!"

„Milch! Direkt von der Kuh!"

„Fische! Ganz fisch gefrischt ... ich meine, äh, frisch gefischt ..."

„Schafe mit kuschelweicher Wolle! Heute im Angebot, nur zehn Smaragde das Stück!"

Sogar Golinas Mutter hält einen Kuchen hoch und ruft lauthals: „Leckere Torte! Extra für den werten Herrn Graf gebacken!"

Doch der Besucher beachtet sie gar nicht. Er geht direkt auf Magolus zu.

„Gehe ich recht in der Annahme, dass der werte Herr Priester hier so etwas wie der Dorfvorsteher ist?", fragt er.

Magolus richtet sich zu voller Größe auf. „In der Annahme geht der werte Herr allerdings recht."

„Nun gut, ich habe eine Ankündigung zu machen. Mein Herr, der Graf, beabsichtigt, diesem bescheidenen Dorf seine Aufwartung zu machen."

„Auf was wartet er denn?“, fragt Magolus.

Der Fremde rollt mit den Augen. „‚Seine Aufwartung machen‘ bedeutet, er wird euer Dorf höchstpersönlich besuchen, und zwar morgen Mittag. Ich nehme an, ihr wollt einen angemessenen Empfang vorbereiten. Ich wünsche noch einen angenehmen Tag.“

Damit dreht er sich um und geht.

„Ha!“, sagt Magolus. „Ihr habt es ja alle gehört, ich bin hier der Dorfvorsteher! Der weiß eben, was sich gehört, der vornehme Herr. Los jetzt, alle an die Arbeit! Wir müssen einen Empfang vorbereiten!“

Kurz vor Mittag des nächsten Tages ist alles für den Besuch des Grafen vorbereitet. Tische stehen am Rand der Schlucht, geschmückt mit Blumen und bedeckt mit allen Speisen, die das Dorf zu bieten hat: frischem Brot, gebratenen Hühnchen, Rinder- und Schweinebraten und leckeren Torten. Golina hat als Vorspeise einige Schüsseln mit Pilzsuppe dazu gestellt, obwohl sie befürchtet, dass niemand sie mögen wird. Paul hat sie im Haus eingesperrt. Er scheint Fremde nicht sonderlich zu mögen, und sie hat Sorge, dass er den Grafen anknurren könnte, was ihr entsetzlich peinlich wäre.

Auch Ruuna und Willert sind gekommen, um den Besuch des Grafen zu erleben. Und so stehen sie zusammen mit allen Dorfbewohnern pünktlich zur Mittagszeit an der Brücke und starren nach Osten, als fünf Gestalten über die Ebene auf sie zu spazieren.

Vier davon tragen dieselbe Kleidung wie der Bedienstete, der schon zweimal im Dorf war. Zwischen ihnen geht ein Mann, der eine elegante schwarze, mit Gold besetzte Robe trägt. Seine graue Haut lässt ihn ein wenig kränklich erscheinen, doch er schreitet stolz und würdevoll mit hoch erhobenem Haupt zwischen seinen vier Bediensteten auf das Dorf zu.

Als die fünf die Brücke überqueren, begrüßt sie Magolus mit einer Verbeugung.

„Ihr, Verehrtester, müsst der Graf sein", sagt er zu dem Mann in der schwarzen Robe. „Es ist uns eine Ehre, Euch in unserem bescheidenen Dorf willkommen zu heißen."

„Die Ehre ist ganz auf meiner Seite", sagt der Graf höflich und verneigt sich ebenfalls. „Ich danke Euch für Eure Gastfreundschaft!"

Magolus führt die Besucher den Dorfweg entlang zur Wiese neben der Schlucht. Die vier Bediensteten marschieren schweigend vor und hinter ihm, während der Graf seiner Freude über diesen Besuch Ausdruck verleiht.

„Nein, wie entzückend!", ruft er aus. „Was für ein hübsches Dorf! Ich beneide euch darum, hier wohnen zu dürfen. Diese niedlichen kleinen Häuschen, und dieser wundervolle Kiesweg. Sogar eine Schmiede gibt es hier! Und diese zauberhafte Dorfkirche! Wirklich, ich glaube nicht, dass ich jemals einen hübscheren Ort gesehen habe."

Golina sieht sich um. Auf einmal erscheint ihr das Dorf viel schöner als sonst. Sie ist glücklich darüber, dass der Graf die Schmiede, in der sie mit Primo und Nano wohnt, extra erwähnt hat. Auch die anderen Dorfbewohner freuen sich sichtlich über das Lob. Besonders Magolus platzt fast vor Stolz.

„Aber das wäre doch nicht nötig gewesen!", ruft der Graf aus, als sie schließlich die Wiese neben der Schlucht erreichen. „Ihr habt doch nicht etwa dieses Festmahl nur mir zu Ehren vorbereitet?"

„Äh, doch", sagt Magolus.

Er lädt den Grafen ein, sich ans Kopfende der Tafel zu setzen. Auch für die vier Bediensteten sind Plätze vorhanden, doch sie ziehen es vor, sich links und rechts von ihrem Herrn zu postieren, und stehen die ganze Zeit nur reglos da.

„Lieber Graf, anlässlich Eures Besuchs haben wir dieses kleine bescheidene Festmahl mit Spezialitäten aus unserem Dorf hergerichtet. Falls es Euch mundet, könnt Ihr anschließend einige der Erzeugnisse auch käuflich erwerben."

Er zeigt auf einige Holzkisten, auf denen die Dorfbewohner ihre Waren ausgestellt haben. Sogar ein kleiner Stand mit Ruunas Zaubertränken ist dabei.

„Nun aber möchte ich den Segen für dieses Mahl sprechen. Notch unser, der du bist im Himmel ..."

Das Gesicht des Grafen verzieht sich, als hätte er etwas Schlechtes gegessen.

„Bitte, bitte, macht nur nicht so ein Aufhebens um meine Person“, unterbricht er Magolus. „Lasst uns doch einfach anfangen, zu essen. Umso eher kann ich Eure köstlichen Waren kaufen!“

„Aber ...“, beginnt Magolus, wird aber sogleich von Hakun unterbrochen, der ihn lautstark auffordert, mit dem Gequatsche aufzuhören, damit man zum geschäftlichen Teil des Besuchs kommen könne.

„Äh, na gut“, sagt der Priester. „Aber bevor wir beginnen, haben wir noch eine kleine Überraschung vorbereitet. Unter der Leitung meiner Mitarbeiterin Birta wird Asimov, unser Golem, für Euch ein kleines Ständchen zur Begrüßung singen. Natürlich nur, wenn es Euch nichts ausmacht.“

„Ein singender Golem? Das ist ja allerhand!“, ruft der Graf erstaunt aus.

„Asimov, bitte!“, sagt Magolus.

„Aber ich hab doch schon gesagt, ich kann nicht singen!“, protestiert der Golem.

„Keine Widerrede!“, herrscht ihn Birta an. „Du musst tun, was ich dir sage!“

„Aber was, wenn jemand durch meinen Gesang zu Schaden kommt?“

„Los jetzt, Golem! Keine Ausflüchte mehr!“

„Na gut. Du hast es so gewollt.“

Der Golem stakst mit steifen Schritten auf die Wiese. Während er rhythmisch Arme und Beine schwingt und auf der Stelle hüpft, beginnt er mit seiner schnarrenden Stimme eine Art Sprechgesang:

„Der Graf, der Graf,
der ist kein Schaf.
Erst tut er freundlich und nett,
dann wandelt er sich komplett."

Während er singt, fuchtelt Birta aufgeregt mit den Armen und ruft: „Stopp! Aufhören! Das ist ja der ganz falsche Text!"

Doch der Golem ignoriert sie einfach und singt weiter:

„Der Graf, der Graf,
ist gar nicht brav.
Was immer er auch plant,
ist böse, wie mir schwant.

Der Graf, der Graf,
schickt euch in Schlaf,
aus dem ihr nie mehr erwacht,
weil er zu Sklaven euch macht."

Die Miene des Grafen verfinstert sich während der Aufführung immer mehr. Als Asimov endlich endet, herrscht angespannte Stille. Es ist offensichtlich, dass der Golem ihren Besucher tödlich beleidigt hat.

Golina hält sich vor Entsetzen die Hand vor den Mund, während ihr Ehrengast mit versteinerter Miene dasitzt. Asimov steht stumm vor der festlichen Tafel und sieht sich um, als erwarte er Applaus für seine Darbietung.

„Entschuldigt bitte, werter Herr", stammelt Birta. „Unser ... unser Golem hat wohl eine ... Fehlfunktion." Sie wirft einen finsteren Blick zu Ruuna, als wäre das die Schuld der Hexe.

Plötzlich lacht der Graf laut. Verdutzt gucken ihn die Dorfbewohner an, dann stimmen sie nach und nach in das Gelächter ein, bis die ganze Wiese davon wiederhallt. Nur die vier Bediensteten stehen stumm und mit ausdruckslosen Mienen hinter ihrem Herrn.

„Das war wirklich sehr lustig!", ruft der Ehrengast. „So ein frecher Humor! Dieser Golem ist einmalig! Sagt, lieber Magolus, kann ich den auch kaufen?"

„Was? Wie? Unseren Golem? Aber ..."

„Sagen wir, hundert Smaragde? Mit dem Geld könntet Ihr Eure wundervolle Kirche ein wenig vergrößern. Nicht, dass sie nicht auch so schon prächtig wäre. Aber ein Gotteshaus kann ja nie großartig genug sein, nicht wahr?"

Einen Moment lang sagt niemand etwas, so verblüfft sind alle von diesem Angebot. Golina traut ihren Ohren kaum. *Hundert Smaragde!*

In die Stille hinein meldet sich der Golem zu Wort: „Tut das nicht!"

„Schweig, Golem!", herrscht ihn Magolus an. „Du hast schon genug Unheil angerichtet. Also gut, wenn Ihr ihn unbedingt haben wollt, lieber Graf, will ich Euch den Gefallen gern tun."

„Nein!", schreien Nano und Maffi gleichzeitig. „Ihr dürft Asimov nicht verkaufen! Er ist doch unser Freund!"

„Haltet euch da raus, Kinder", sagt Magolus. „Von solchen Dingen versteht ihr noch nichts."

„Aber wir brauchen doch den Golem zum Schutz des Dorfes", wendet Primo ein, der neben Golina sitzt. „Und außerdem gehört er dir gar nicht, Magolus."

„Genau!", stimmt Asimov ihm zu. „Ich gehöre dem ganzen Dorf. Du kannst mich gar nicht verkaufen, Priester."

„Nun, wenn das so ist", meldet sich der Graf zu Wort, „dann bezahle ich Euch hundert Smaragde für die Erweiterung eurer Kirche und zusätzlich an jeden Dorfbewohner zehn Smaragde. Das ist mein letztes Angebot. Und was die Sicherheit betrifft: Ich bin überzeugt, dass mit einem so mutigen und tapferen Dorfbeschützer, wie Ihr ihn habt, ein Golem vollkommen überflüssig ist. Meint Ihr nicht auch, wunderschöne Dame?"

Er sieht Golina direkt an. Ihr wird heiß und kalt, als sie in die Augen des Grafen blickt. Er strahlt solche Würde aus, und solche Macht! Dass er ihren Mann mutig und tapfer nennt, macht sie stolz. Und dass er sie wunderschön genannt hat ... Sie weiß nicht so genau, was sie dabei empfindet, aber jedenfalls fühlt es sich gut an.

„Äh, ja“, sagt sie. „Ja, das glaube ich auch.“

„Aber ...“, wendet Primo ein, verstummt jedoch, als sie ihm einen warnenden Blick zuwirft.

„Nun, dann soll es so sein“, beschließt Magolus. „Eine größere Kirche und Wohlstand für alle - mehr können wir uns für unser Dorf nicht wünschen. Oder hat etwa irgendjemand Einwände?“

„Ja, ich hätte da etwas einzuwenden“, sagt Asimov. „Ich kann euch nicht mehr beschützen, wenn ihr mich an diesen ...“

„Schweig!“, herrscht ihn Magolus an. „Du hast hier überhaupt nichts zu sagen!“

„Weiß ich“, gibt Asimov zurück.

„Dann ist es also beschlossen“, sagt der Graf. „Golem, du musst tun, was ich sage, richtig?“

„Ja, solange es niemand anderem Schaden zufügt“, stimmt Asimov zu. Er wirkt niedergeschlagen.

Der Graf lächelt. „Was für ein wundervolles Spielzeug du doch bist! Dieser Ausflug hat sich noch mehr gelohnt, als ich erwartet habe.“

Er nimmt sich einen Teller mit Pilzsuppe. Gebannt beobachtet Golina, wie er davon trinkt. Sein Gesicht verzieht sich, und ihr Herz sinkt. Wie konnte sie auch erwarten, dass ein so edler Herr gewöhnliche Pilzsuppe mag? Warum hat sie sie überhaupt gekocht?

„Entschuldigung, ich …", beginnt sie, doch da lächelt der Graf.

„Wer hat denn diese köstliche Pilzsuppe gekocht? Ihr etwa, Teuerste? Würdet Ihr mir das Rezept verraten? Dann werde ich meinen Koch anweisen, mir jeden Tag einen Teller davon zuzubereiten!"

Golina bekommt einen knallroten Kopf. „Was? Wie? Äh, ja, gerne. Man nehme einen rosa Pilz und einen roten Pilz mit weißen Tupfen. Etwas Wasser dazu, kurz aufkochen, fertig!"

„Wie raffiniert!", ruft der Graf aus und sieht sie wieder auf diese Weise an, die bei ihr ein Bauchkribbeln auslöst. „Von Euch kann ich noch so viel lernen!"

Er kostet auch von den anderen Speisen und lobt diese überschwänglich. Nachdem das Festmahl beendet ist, geht er zu den Ständen mit den Erzeugnissen des Dorfs und zeigt hierhin und dorthin. Seine Diener kaufen die entsprechenden Dinge und überreichen denjenigen, die sie hergestellt haben, ganze Hände voller Smaragde.

Schließlich bedankt sich der Graf herzlich für die wundervolle Gastfreundschaft und verlässt mit seinen Begleitern das Dorf. Asimov stapft missmutig hinter ihnen her, während Nano und Maffi weinen und Mina, die Katze, ein trauriges Miauen ausstößt.

Golina sieht ihm nach, bis er außer Sicht ist. Sie schwebt wie auf Wolken. Der Besuch des Grafen hat sie stolz und glücklich gemacht. Endlich jemand, der ihre Kochkunst zu schätzen weiß! „Teuerste“ hat er sie genannt, und „wunderschöne Dame“. Und wie er sie angesehen hat ...

„Ich frage mich, ob wir nicht einen Fehler gemacht haben“, meint Primo, als sie wieder zuhause sind.

„Ja“, stimmt Golina zu. „Ich hätte einen Stand mit Pilzsuppe aufbauen sollen. Dann hätten wir jetzt noch mehr Smaragde.“

„Aber wir haben doch schon dreißig von ihm bekommen - zehn für dich, zehn für mich und sogar zehn für Nano.“

„Stimmt, aber die anderen, die ihm ihre Waren verkauft haben, sind jetzt noch viel reicher als wir.“

„Wie auch immer, ich frage mich, warum Asimov dieses seltsame Lied gesungen hat. Als wollte er uns vor dem Grafen warnen.“

„Pah. Du weißt doch, wie Asimov ist. Der redet oft Unsinn.“

„Ja, schon. Aber was, wenn da diesmal was dran ist?“

Golina blickt ihn zornig an. „Willst du damit etwa andeuten, der Herr Graf sei böse? Immerhin hat er doch Wohlstand für alle gebracht!“

„Na ja, ein bisschen seltsam ist es schon, dass er so viel Geld für die Sachen im Dorf ausgegeben hat. Allein zwanzig Smaragde für Olums Fische und dreißig für zehn Ballen Wolle von Jarga, zusätzlich zu den hundert für Magolus und den zehn, die er jedem von uns für Asimov gegeben hat. Außerdem hat er ein Dutzend von Ruunas Zaubertränken gekauft, eine Menge Brot und Getreide von Kaus und deinem Vater, drei Torten von deiner Mutter, eine Gartenhacke von meinem Vater und was weiß ich wie viele Bücher aus Nimrods Bibliothek. Insgesamt muss er hunderte von Smaragden ausgegeben haben."

„Er ist eben sehr reich und sehr großzügig, der Herr Graf. Wir sollten ihm dafür dankbar sein."

„Vielleicht. Aber ich frage mich, warum er das getan hat. Was will er mit all dem Zeug? Er hat doch Diener, die für ihn angeln oder Getreide anbauen können. Und nichts gegen deine Pilzsuppe, aber …"

„Was ist mit meiner Pilzsuppe?", fragt Golina scharf. „Passt es dir etwa nicht, dass sie ihm geschmeckt hat?"

„Doch, aber … hast du gesehen, was für ein Gesicht er zuerst gemacht hat, als er davon gekostet hat? Und dann hat er auf einmal so getan, als hätte er noch nie etwas Köstlicheres gegessen …"

Golina spürt, wie ihr Tränen der Wut in die Augen schießen. „WAS WILLST DU DAMIT SAGEN?", schreit sie.

„Ich, äh ... schon gut, mein Linchen, ich wollte nicht ..."

Sie kann die Tränen nicht mehr zurückhalten und birgt den Kopf in den Händen. „Das ist typisch!", schluchzt sie. „Da gibt es endlich jemanden, dem meine Pilzsuppe schmeckt, aber du ... du denkst, er hat nur so getan! Als ob ein edler Herr wie der Graf es nötig hätte, uns etwas vorzuspielen! In Wirklichkeit bist du doch bloß eifersüchtig auf ihn!"

„Eifersüchtig, ich?", fragt Primo alarmiert. „Wieso sollte ich eifersüchtig sein? Etwa, weil er dich ‚Teuerste' und ‚wunderschöne Dame' genannt hat? Pah!"

Innerlich freut sich Golina, dass Primo das aufgefallen ist. Doch sie verbirgt es. „Er weiß eben, wie er sich gegenüber einer Dame zu benehmen hat, im Unterschied zu so manchem groben Klotz ohne Manieren hier im Dorf, der ständig über das Essen meckert!"

„WAS WILLST DU DAMIT SAGEN?", schreit Primo.

„Gar nichts!", gibt Golina kühl zurück. „Außer, dass der Graf ein sehr charmanter, großzügiger Herr ist, der einen erlesenen Geschmack hat. Da könnte man als Frau schon ins Schwärmen kommen ..."

„Schon gut! Ich habe verstanden!" Primo stürmt wütend aus dem Haus.

Golina blickt ihm nach. Sie fragt sich, ob sie nicht zu weit gegangen ist. Doch dann muss sie wieder an die Blicke des Grafen denken. Sie stellt sich vor, in was für einem prachtvollen Haus er wohl wohnen mag, und wie es wäre, wenn sie auch so reich wäre und ihr Primo auch so ein eleganter Herr, der sie höflich und zuvorkommend behandelt, sie „wunderschöne Dame“ und „Teuerste“ nennt und ihre Pilzsuppe „köstlich“ findet, während seine Bediensteten ihr die Hausarbeit abnehmen. Ihr Herz schmerzt vor Sehnsucht nach diesem besseren, schöneren Leben.

„Fünf Smaragde?“, fragt Primo entgeistert. „Für ein Ei? Bei dir brennen wohl nicht alle Fackeln!“

„Was denn?“, erwidert Hakun. „Wenn Kaus sein Brot für zehn Smaragde pro Laib verkauft, dann kosten meine Eier eben fünf. Sonst ist das ungerecht.“

„Aber ich habe nur zehn Smaragde. Dafür kann ich mir dann ja gerade mal zwei Eier leisten!“

„Nicht mein Problem. Du musst eben versuchen, dein Einkommen zu erhöhen.“

„Ach, und wie soll ich das machen? Keiner will die Pilzsuppe kaufen, die Golina gekocht hat.“

„Kein Wunder, die ist ja auch viel zu teuer.“

„Teuer? Die kostet nur drei Smaragde pro Schüssel!“

„Eben. Wenn du mich fragst, ist ein Smaragd für diese fade Brühe noch zu viel.“

Flatsch! Primo wirft dem unverschämten Fleischer einen Teller Suppe an den Kopf.

„Da hast du eine Kostprobe!“, ruft er. „Und die ist sogar gratis, weil du meine Frau beleidigt hast!“

„Moment, ich geb' dir auch was gratis!“, ruft Hakun und wirft ein Ei nach ihm.

Primo duckt sich. Das Ei fliegt über ihn hinweg und trifft Magolus, der gerade vorbei kommt, mitten ins Gesicht.

„Das ist ja wohl die Höhe!“, schimpft der Priester. „Mir ein Ei an den Kopf zu werfen! Mir, dem Obersten Hohepriester von Allen! Na warte, du kannst was erleben. Dorfbeschützer, verpass dem frechen Hakun eine Abreibung!“

„Du hast mir gar nichts zu befehlen“, gibt Primo zurück. „Bloß, weil der Graf dir hundert Smaragde gegeben hat, heißt das noch lange nicht, dass jeder tun muss, was du sagst!“

„Und ob jeder tun muss, was ich sage. Schließlich bin ich hier der Dorfvorsteher. Der Graf persönlich hat mich dazu ernannt!“

„Blödsinn! Wenn du willst, dass ich Hakun eine runterhaue, gib mir zwanzig Smaragde.“

„He, Moment mal ...“, meldet sich Hakun zu Wort.

„Was? Zwanzig Smaragde?“, ruft Magolus empört. „Bei Notch, so eine Unverschämtheit! Du weißt genau, dass die Smaragde, die der Graf mir gab, für die Verschönerung meiner ... ich meine, unserer Dorfkirche gedacht sind.“

„Was ist denn hier los?“, fragt Kolle, der gerade dazu kommt.

„Der da hat mir ein Ei an den Kopf geworfen“, beschwert sich Magolus, „und der da will zwanzig Smaragde, damit er dem da eine runterhaut. Dabei bin ich der Oberste Dorfvorsteher von Allen ... ich meine, Hohepriester, und ihr müsst alle tun, was ich sage!“

„Stimmt das, dass du Magolus ein Ei an den Kopf geworfen hast?“, fragt Kolle Hakun.

„Ja, aber aus Versehen, weil ich eigentlich Primo treffen wollte. Warte, ich zeig’s dir.“

Er wirft erneut ein Ei, und Primo duckt sich ein weiteres Mal. Diesmal trifft das Geschoss Kolle, der vor Wut grün anläuft.

„Oh, sieh mal, die Erwachsenen machen eine Eierschlacht!“, ruft in diesem Moment Kolles Tochter Maffi, die gerade in Begleitung von Primos Sohn und Wolf Paul vorbeikommt.

„Dürfen wir mitmachen? Dürfen wir mitmachen?“, fragt Nano aufgeregt.

„Na gut“, sagt Hakun. „Aber jeder Wurf kostet fünf Smaragde.“

„Ich hab aber keine Schmagragde, oder wie das heißt. Papa hat mir die schönen grünen Steine weggenommen, die mir der nette Graf geschenkt hat.“

„Das sieht ihm ähnlich“, meint Hakun. „Gönnt seinem Kleinen nicht mal Taschengeld, so geizig ist der.“

„Was denn“, verteidigt sich Primo. „Bei den Preisen hier im Dorf brauchen wir jeden einzelnen Smaragd zum Leben.“

„So kann das nicht weitergehen“, meint Kolle, der inzwischen wieder seine normale Gesichtsfarbe angenommen hat. „Seit der Graf hier war, scheinen alle vollkommen durchzudrehen.“

„Du bist ja bloß neidisch, weil er nichts von dir gekauft hat, du armer Schlucker“, meint Hakun.

„Willst du vielleicht ein paar Ohrfeigen kaufen?“, fragt Kolle. „Die sind gerade im Angebot!“

Primo fasst Kolle am Arm, um ihn zurückzuhalten. „Du hast recht, die drehen alle durch. Komm, wir gehen besser, bevor es noch richtigen Streit gibt.“

„Och, schade!“, mault Maffi. „Da ist endlich mal was los im Dorf, und wir dürfen wieder mal nicht mitmachen! Jetzt, wo Asimov nicht mehr da ist, ist es hier sooo langweilig.“

„Fahrt doch ein bisschen mit der Kreisbahn“, schlägt Kolle vor.

„Geht nicht“, erklärt Nano. „Neben dem Hebel steht Birta und schreit die ganze Zeit: ‚Kreisbahn fahren, nur ein Schmagragd pro Runde‘.“

Primo zuckt nur mit den Schultern. Unverrichteter Dinge kehrt er nach Hause zurück.

„Hast du die drei Eier gekauft?“, fragt Golina.

„Nein“, erwidert Primo. „Ich hatte nicht genug Smaragde.“ Er erzählt ihr, was passiert ist.

„So eine Unverschämtheit!“, regt sich Golina auf. „Dieser Hakun verdient wirklich mal eine Abreibung.“

„Vielleicht ...“, beginnt Primo vorsichtig.

Golina sieht ihn kritisch an. „Sag bloß nichts über meine Pilzsuppe!“

„Nein, nein, die ist superlecker, ehrlich. Was ich sagen wollte, ist: Vielleicht ist das mit den Smaragden gar nicht so gut für unser Dorf. Früher, da hatten wir alles, was wir brauchten, weil wir die Dinge untereinander getauscht haben. Aber jetzt will jeder bloß noch mehr Smaragde haben als alle anderen, und keiner gibt mehr irgendwem etwas ab."

Golina seufzt. Zu Primos Überraschung sagt sie: „Ja, du hast recht." Doch dann fügt sie hinzu: „Wir brauchen einfach mehr Geld! Ich hab eine Idee. Geh zu Magolus und sag ihm, dass du ab jetzt jeden Tag fünf Smaragde haben willst."

„Jeden Tag fünf Smaragde? Wieso denn das?"

„Die sind dafür, dass du unser Dorf beschützt."

„Aber Linchen, das ist doch mein Beruf!"

„Eben. Hakuns Beruf ist Schlachter, und er verkauft seine gebratenen Hühnchen und Eier ja auch für Smaragde, genau wie Olum seine Fische. Selbst dein Vater gibt die Geräte, die er in der Schmiede herstellt, nicht mehr kostenlos her, so wie früher. Du bist der Einzige, der dumm genug ist, zu arbeiten, ohne dass er dafür bezahlt wird."

„Kolle wird auch nicht dafür bezahlt, dass er seinem Vater in der Bibliothek hilft."

„Dann muss eben Kolle auch Smaragde dafür verlangen. Auf jeden Fall bin ich nicht länger bereit, hinzunehmen, dass alle anderen in Luxus leben, während wir hier in dieser kümmerlichen Hütte darben, mit kaum genug zu essen für unser Kind. Und jetzt geh und rede mit Magolus!"

Mit einem unguten Gefühl im Bauch marschiert Primo zur Kirche.

Der Oberste Hohepriester von Allen ist wie erwartet nicht begeistert von Primos Vorschlag: „Fünf Smaragde? Pro Tag? Du bist ja wohl von Notch verlassen!"

„Aber ich brauche das Geld, sonst ist meine Frau unglücklich, und ich kann meinem Sohn nichts mehr zu essen kaufen!"

„Du könntest mir eine neue, größere Kirche bauen. Dafür würde ich dir, sagen wir, dreißig Smaragde bezahlen."

„Was? Aber der Graf hat dir doch hundert Smaragde für die neue Kirche gegeben!"

„Ja, schon, aber einer muss sich ja auch um die Bauleitung kümmern, und dann sind da die Verwaltungskosten und der Aufwand für die Planung und die Bauabnahme, und mein eigener Arbeitseinsatz bei diesem großartigen Werk muss ja auch honoriert werden."

„Bau dir deine Kirche doch selber!", ruft Primo und stürmt hinaus.

Da offenbar alle im Dorf vor lauter Smaragden nicht mehr klar denken können, geht Primo zu Ruuna und Willert in den Wald.

„Ich habe gerade keine Zeit", sagt die Hexe, als Primo ihr das Problem schildern will. „Ich muss noch eine Ladung Stinktränke brauen."

„Wofür brauchst du die denn?"

„Stinktränke sind der absolute Renner gewesen, als der Graf im Dorf war", erklärt Ruuna mit ernster Miene. „Ich hätte noch mehr verkaufen können, wenn ich mehr gehabt hätte."

„Stinktränke? Was will der Graf denn damit?"

„Weiß nicht. Ist mir auch egal, der Kunde hat immer recht. Angebot und Nachfrage, du weißt schon."

Primo weiß gar nichts mehr. Er fragt nach Willert, doch der ist im Wald, Pilze suchen. Golina hat ihn darum gebeten, damit sie mehr Pilzsuppe kochen kann – Pilzsuppe, die nach Primos bisherigen Erkenntnissen über Angebot und Nachfrage im Dorf eher ein Ladenhüter ist.

Kopfschüttelnd kehrt er ins Dorf zurück. Dort herrscht gerade helle Aufregung, denn der Bedienstete des Herrn Grafen ist zurückgekehrt.

„Frische Fische!", brüllt ihm Olum entgegen. „Fisch gefrischte ... äh, nur fünf Smaragde!"

„Halt, wartet!", ruft Hakun, der, immer noch mit Pilzsuppe bekleckert, angerannt kommt. „Eier! Nur sieben Smaragde das Stück!"

„Sieben?", fragt ihn Primo verdutzt. „Vorhin kosteten die doch nur fünf. Wobei ‚nur' vielleicht nicht das richtige Wort dafür ist."

„Der Preis ist eben gestiegen. Angebot und Nachfrage, du weißt schon."

Einer plötzlichen Eingebung folgend, ruft Primo: „Pilzsuppe! Frische, äh, superleckere Pilzsuppe! Jetzt noch teurer! Nur zehn Smaragde pro Schüssel!"

Doch der Diener macht keine Anstalten, irgendetwas zu kaufen. Stattdessen verkündet er: „Ich bin hier, um den werten Damen und Herren eine Einladung des Grafen zu übermitteln. Er verteilt Zettel an alle Anwesenden. Primo greift sich ein Blatt und liest:

Einladung

Seine Hochwohlgeboren Magius Graf von Finsterwald beehrt sich, alle Dorfbewohner zum Dank für die hervorragende Gastfreundschaft, die ihm entgegengebracht wurde, zu einem Festessen in sein bescheidenes Anwesen einzuladen.

Termin: Der zweite Tag nach dem Überbringen dieser Einladung, bei Sonnenuntergang. Der Überbringer wird die geladenen Gäste mittags abholen und zum Veranstaltungsort geleiten.

Mit vorzüglicher Hochachtung
M. Graf von Finsterwald

Bevor Primo noch weitere Fragen stellen kann, dreht sich der Bedienstete um und geht.

Als er Golina die Einladung zeigt, stößt sie zuerst einen spitzen Freudenschrei aus, bloß um im nächsten Moment ein entsetztes Gesicht zu machen und dann ununterbrochen vor sich hin zu murmeln: „Was ziehe ich bloß an? Bei Notch, was ziehe ich bloß an?“

6. Eine Gruselgeschichte

In dieser Nacht schläft Primo unruhig. Er träumt davon, dass Smaragde auf das Dorf herabregnen, bis alle Häuser unter Bergen grün glitzernder Steine verschüttet sind und niemand mehr darin leben kann. Über dieses Kristallgebirge wandert der Graf und lacht schallend, während Asimov, der Golem, hinter ihm her trottet und dabei singt:

Der Graf, der Graf,
ist gar nicht brav,
ich hab es euch ja gleich gesagt,
jetzt seht ihr, was ihr davon habt!

Am Morgen wacht er schweißgebadet auf. Die Sonne geht gerade auf, und rosafarbenes Licht fällt durch das Fenster auf Golina, die im Schlaf lächelt.

Er rüttelt sie an der Schulter. „Golina! Golina, wach auf!“

„Mmhm, was?“ Sie schlägt die Augen auf. „Och schade, ich hatte gerade so einen schönen Traum! Da war ein prächtiger Saal, und Musik, und ich hatte ein wunderschönes weißes Kleid an und goldene Schuhe, und der Graf hat mit mir getanzt ...“

„Wir sollten dort nicht hingehen. Zu dem Festmahl, meine ich.“

„Was? Wieso denn nicht?“

„Ich hatte auch einen Traum, aber der war gar nicht wundervoll. Ich ... ich habe geträumt, dass der Graf unser Dorf mit Smaragden überschüttet hat, um es zu zerstören."

„Das war doch bloß ein Alptraum", beruhigt ihn Golina. „Es ist ganz normal, dass man schlechte Träume hat, wenn man arm ist und alle anderen reich. Aber keine Angst, ich habe dich trotzdem lieb!"

„Nein, das ist es nicht. Ich muss immer daran denken, was Asimov gesungen hat. Er wollte uns warnen, da bin ich sicher."

„Ach was. Du kennst doch Asimov. Der sieht immer irgendwelche Katastrophen kommen."

„Meistens hat er recht."

„Aber wir können die Einladung des Herrn Grafen nicht ablehnen! Das wäre doch unhöflich, wo er so großzügig zu uns war. Und außerdem möchte ich so gern sein Haus sehen. Du wirst sehen, es ist bestimmt ganz wundervoll dort!"

„Vielleicht. Aber was, wenn nicht? Ich möchte kein Risiko eingehen."

„Kein Risiko eingehen? Das sagst ausgerechnet du?"

„Wie wäre es, wenn ich allein hingehe? Ich sehe es mir an, und wenn alles in Ordnung ist, komme ich zurück und sage es euch, und ihr kommt dann nach."

„Auf keinen Fall! Wie sieht das denn aus? Als würden wir dem Grafen nicht trauen!"

„Ich traue ihm ja auch nicht."

„Aber ich. Und ich lasse nicht zu, dass du mir und den anderen mit deinem Misstrauen diese Freude kaputt machst. Wer weiß, ob wir jemals wieder zu einem Festessen eingeladen werden!"

Primo gibt klein bei, wie immer, wenn er mit Golina unterschiedlicher Meinung ist. Er wird eben auf sie und die anderen Dorfbewohner aufpassen müssen, so gut er kann. Doch dann kommt ihm ein Gedanke.

„Also gut. Ich gehe nur vorher noch mal kurz ins Wüstendorf. Ich bin morgen früh wieder zurück."

„Ins Wüstendorf? Was willst du denn da?"

„Margi hat mir von einem alten Buch erzählt, in dem von einem bösen Grafen die Rede ist. Sie hat es als Kind gelesen, und es hat ihr Angst gemacht. Wer weiß, vielleicht beruht es ja auf einer wahren Begebenheit."

„Das ist es also? Du misstraust dem Grafen wegen irgendeiner alten Gruselgeschichte?"

„Was, wenn das nicht bloß eine ausgedachte Geschichte ist? Du musst zugeben, der Graf verhält sich merkwürdig. All die Smaragde, die er uns gibt, für ... für ..."

Golina sieht ihn finster an. „Ich sehe schon, worauf das wieder hinausläuft. Dann geh halt ins Wüstendorf! Aber sei rechtzeitig wieder hier, oder ich gehe ohne dich zum Festessen des Grafen!"

„Keine Angst, ich beeile mich."

Damit greift sich Primo seine Ausrüstung und eilt zur Bibliothek, in der Kolle und Margi zusammen mit Kolles Eltern und dem alten Lausius wohnen. Alle scheinen damit beschäftigt zu sein, in den Bücherregalen etwas zu suchen.

„Wie wäre es hiermit?", fragt Kolle gerade und hält ein Buch hoch. *„Die hundert besten Rezepte für Pilzsuppe*. Der Graf hat doch gesagt, dass er Pilzsuppe mag."

„Was wird denn Golina dazu sagen?", erwidert Margi. „Außerdem hat der Graf bestimmt einen Koch. Was soll er da mit einem Kochbuch anfangen?"

„Kolle, Margi, kommt, wir müssen schnell ins Wüstendorf", unterbricht Primo die beiden.

„Ins Wüstendorf? Was willst du da denn?", fragt Kolle.

„Margi hat mir von einem Buch erzählt, das sie als Kind gelesen hat, über einen bösen Grafen."

„Ein Buch, in dem ein Graf vorkommt? Ja, das ist vielleicht eine gute Idee", meint Kolle.

„Spinnst du?", erwidert Margi. „Wir können ihm doch kein Buch schenken, das von einem *bösen* Grafen handelt!"

„Hm. Wahrscheinlich hast du recht. Na gut, lass uns weitersuchen." Er wendet sich wieder dem Bücherregal zu.

„Versteht ihr denn nicht?“, fragt Primo. „Es könnte doch sein, dass die Geschichte, die Margi gelesen hat, wahr ist und der Graf wirklich böse.“

Er erzählt ihnen von seinem Traum.

„Ich habe auch manchmal schlimme Träume“, beruhigt ihn Kolle. „Darin verwandele ich mich meistens in einen Nachtwandler und haue alles kaputt. Doch wenn ich aufwache, ist alles noch heile.“

„Aber du hast doch selber gesagt, dass alle im Dorf durchdrehen, seit der Graf ihnen so viele Smaragde gegeben hat.“

„Das mag ja sein, aber das ist doch nicht seine Schuld“, wirft Margi ein. „Die Leute im Dorf sind so viel Geld einfach nicht gewöhnt. Sie müssen erst lernen, damit umzugehen.“ Sie zieht ein Buch hervor. „Hier, das könnte vielleicht etwas für den Grafen sein: *Das Kapital* von einem gewissen Karl Marx. Das klingt wie ein Buch, das extra für Leute geschrieben wurde, die viel Geld haben.“

„Aber der Graf weiß sicher schon alles über Geld“, entgegnet Kolle.

„Hm, da hast du vermutlich recht“, gibt Margi zu.

„Hier, ich hab was!“, ruft der alte Lausius. *„Theoretische Mathematik für Fortgeschrittene*. Das gefällt ihm bestimmt.“

„Langweilig!“, sagen Kolle, Margi und Kolles Vater Nimrod gleichzeitig.

Primo seufzt. Offensichtlich kann sich niemand außer ihm vorstellen, dass der Graf böse ist. Vielleicht ist das ja auch Unfug. Doch das mulmige Gefühl will nicht weichen. Also beschließt er, alleine ins Wüstendorf zu gehen.

„Weißt du noch, wo das Buch stand?“, fragt er Margi.

„Irgendwo in meinen Bücherregalen“, sagt sie, während sie weitersucht. „Du wirst es bestimmt finden.“

„Na gut. Auf Wiedersehen.“

„Auf Wiedersehen. Grüß bitte die Leute in meinem Heimatdorf von mir.“

„Mach ich.“

„Aber beeil dich“, ruft Kolle. „Damit du rechtzeitig wieder hier bist und das Festmahl nicht verpasst.“

Primo macht sich auf den Weg. Er überquert den Fluss, marschiert über die große Wiese nach Osten, folgt dem Verlauf des Ostflusses bis zum Rand der Wüste, lässt den Wüstentempel rechts liegen und durchquert die Sanddünen Richtung Norden. Im Osten der Wüste erstreckt sich ein dichter Wald, der Primo an den Namen des Grafen auf der Einladung denken lässt: Magius von Finsterwald. Das klingt irgendwie düster. Aber der Graf kann ja nichts dafür, wie er heißt.

Als Primo den nördlichen Rand der Wüste erreicht, geht die Sonne bereits unter. Doch er hat keine Angst vor den Monstern der Nacht, schließlich hat er eine Diamantrüstung und ein Flammenschwert. Außerdem muss er sich beeilen, wenn er am nächsten Morgen wieder zurück sein will. Also marschiert er weiter.

Links von ihm ragt der riesige, steile Berg auf, der als Himmelsturm bekannt ist. Schaudernd erinnert sich Primo daran, wie er kurz nach Nanos Geburt auf der Spitze einer solchen Felsnadel aus einer Endertruhe kletterte und keine Ahnung hatte, wo er sich befand. Jetzt dagegen weiß er genau, wo er ist und wo er hinwill. Verglichen mit den weiten Reisen, die er bereits hinter sich hat, ist der Weg zum Wüstendorf nicht viel mehr als ein Spaziergang. Ein paar Nachtwandler und Knochenmänner halten ihn für leichte Beute, aber mit seinem Flammenschwert belehrt er sie rasch eines Besseren.

Als er das Wüstendorf erreicht, steht der Mond bereits hoch am Himmel. Das Dorf liegt still da. Offenbar schlafen alle Bewohner schon.

Primo betritt das Haus neben der Kirche, in dem Margi früher gewohnt hat. Es sieht aus, als wäre hier schon länger niemand mehr gewesen.

Es dauert eine Weile, bis er in einem der Bücherregale ein altes Buch findet. *Graf Drakulus* steht auf dem vergilbten Einband. Primo setzt sich auf eine Bank und beginnt, zu lesen.

Die Geschichte handelt von einem Dorfbewohner namens Van Helsinki, der in einer abgelegenen Gegend ein großes Haus entdeckt. Darin wohnt Graf Drakulus, der den Besucher zunächst freundlich behandelt und ihn zum Essen einlädt. Doch in dem Becher, den der Graf ihm reicht, ist ein Zaubertrank. Wer ihn trinkt, verliert seinen eigenen Willen und muss alles tun, was der Graf sagt. So werden alle Besucher zu Dienern des bösen Drakulus.

Van Helsinki jedoch misstraut dem Grafen und tut nur so, als ob er aus dem Becher trinkt. Als der Graf das merkt, wird er wütend und beschwört fliegende Plagegeister, die den tapferen Abenteurer mit Schwertern angreifen. Der jedoch besiegt die Geister, tötet den Grafen und befreit alle seine Diener, die nun endlich in ihre Heimatdörfer zurückkehren können.

Die Geschichte ist so spannend geschrieben, dass Primo das Buch gar nicht aus der Hand legen kann. Als er es durchgelesen hat, ist draußen bereits die Sonne aufgegangen. Er muss sich schleunigst auf den Weg machen, wenn er bis zum Mittag wieder zuhause sein will!

Er steckt das Buch ein, läuft aus dem Haus und durchquert das Dorf. Doch dann stutzt er. Wie still es ist! Nur ein paar Hühner laufen gackernd herum, und in der Ferne stöhnt ein Nachtwandler, der im Sonnenlicht verbrennt. Schlafen die Dorfbewohner etwa alle noch?

Primo klopft an die Haustür der freundlichen Bäuerin Karo, die Golina Unterschlupf gewährte, als Artrax das Dorf am Rand der Schlucht zerstörte. Doch niemand öffnet.

„Hallo? Karo? Bist du zuhause?“, ruft Primo.

Als er keine Antwort erhält, tritt er ein. Karos Haus ist leer, von der Bäuerin fehlt jede Spur.

Beunruhigt klopft Primo an die Tür ihres Nachbarn, doch auch der ist nicht zuhause. Er öffnet weitere Türen, und seine Ahnung bestätigt sich: Das ganze Dorf ist wie ausgestorben.

Auf einem Tisch in einem der Häuser macht er eine unheimliche Entdeckung: Dort liegt eine Einladung zu einem Festessen des Grafen Magius von Finsterwald. Der Text ist identisch mit dem des Zettels, den der Bedienstete des Grafen Primo gegeben hat.

7. Angriff der Plagegeister

Zutiefst beunruhigt steckt Primo den Zettel ein. Natürlich könnte es sein, dass das Festessen des Grafen für die Wüstendorfbewohner gestern Abend stattfand und sie sich jetzt gerade auf dem Rückweg befinden. Aber ebenso gut ist es möglich, dass das Dorf schon seit Tagen verlassen ist. Das würde heißen, dass die Dorfbewohner nach dem Abendessen nicht wieder nach Hause zurückkehren konnten – womöglich, weil der Graf ihnen einen Zaubertrank eingeflößt hat, der sie zu seinen willenlosen Dienern macht. Das wiederum würde bedeuten, dass Margis Gruselgeschichte wahr ist!

Er muss so schnell wie möglich zurück nach Hause, um die anderen zu warnen! Wenn er schon nicht verhindern kann, dass sie die Einladung des Grafen annehmen, dann muss er wenigstens dafür sorgen, dass sie dort auf keinen Fall etwas trinken.

Als er durch das Wüstendorf hastet, nimmt er aus dem Augenwinkel eine Bewegung war, so als husche eine Gestalt um eine Häuserecke. Er bleibt stehen und sieht sich um.

„Hallo?“, ruft er. Doch niemand antwortet.

Ihm bleibt keine Zeit, um der Sache nachzugehen. Selbst, wenn er die ganze Strecke rennt, schafft er es kaum noch bis zum Mittag nach Hause. Zu dumm, dass er nicht Golinas Pferd genommen hat. Doch er hat sich bei seinem ersten und letzten Reitversuch ziemlich ungeschickt angestellt und seitdem ein eher angespanntes Verhältnis zu den stolzen Tieren. So bleibt ihm nichts anderes übrig, als die Strecke so schnell wie möglich zu Fuß zurückzulegen.

Keuchend vor Anstrengung und Hitze rennt Primo durch die Wüste, vorbei an dem gewaltigen Bergmassiv des Himmelsturms, als hinter ihm plötzlich ein merkwürdiges, brausendes Geräusch ertönt, gefolgt von einem Sirren und Heulen, als käme plötzlich ein starker Wind auf.

Er dreht sich um und sieht zu seinem Entsetzen drei Gestalten, die durch die Luft auf ihn zu schweben. Sie sind etwa halb so groß wie Primo, mit blaugrauen Körpern, leuchtenden Augen und weißen Flügel auf den Rücken. In der Hand hält jede ein Schwert.

Sie stoßen ein schrilles Kichern aus und stürzen sich auf Primo, der sein Flammenschwert hochreißt und sich so gut wie möglich verteidigt. Doch die Geister sind flink. Blitzschnell sirren sie durch die Luft und greifen ihn von allen Seiten an, wobei sie hämisch kichern.

Ihre Schwertschläge prasseln auf Primo nieder. Zum Glück fängt seine Diamantrüstung den größten Teil des Schadens ab, doch einmal wird er schmerzhaft am Kopf getroffen, ein anderes Mal am linken Arm.

Endlich zerplatzt einer der Geister unter den Schlägen des Flammenschwerts, und dann ein zweiter. Doch schon erklingt wieder das brausende Geräusch, und kurz darauf tauchen drei neue Geister auf.

Täuscht sich Primo, oder hat er da gerade gemurmelte Wörter gehört? Doch er hat keine Zeit, darüber nachzudenken. Nun dringen vier Geister auf ihn ein, und er kann ihren Schwertschlägen nicht mehr ausweichen. Gegen die flinken Geister hat er keine Chance. Ihm bleibt nur die Flucht. Doch wohin?

Da er noch nicht weit vom Dorf entfernt ist, entscheidet er sich dafür, dorthin zurückzukehren. Vielleicht schafft er es bis zum Haus von Karo, bevor die Plagegeister ihn umbringen.

Während er rennt, denkt er darüber nach, was das alles bedeutet. Dass es sich um dieselben Wesen handelt, die in Margis Gruselgeschichte beschrieben wurden, steht für Primo außer Zweifel. Noch nie zuvor hat er derartige Wesen gesehen oder davon gehört. Selbst die Monster des Nether sind nicht mit ihnen vergleichbar. Dass sie ausgerechnet jetzt hier auftauchen, kann kein Zufall sein. Seine schlimmsten Befürchtungen sind wahr - alles ist genauso, wie es in dem Buch stand. Der Graf ist tatsächlich böse und will die Bewohner des Dorfs am Rand der Schlucht zu seinen Dienern machen, so wie er es wahrscheinlich schon mit den Wüstendorfbewohnern getan hat.

Verfolgt von den sirrenden und kichernden Geistern rennt Primo um sein Leben. Außer Atem erreicht er das Dorf, dicht gefolgt von einer der Kreaturen. Er reißt die Tür zu Karos Haus auf und schlägt sie hinter sich zu, doch zu seinem Entsetzen hält das seine Verfolger nicht auf. Sie fliegen einfach durch die geschlossene Tür, als gäbe es diese gar nicht!

Verzweifelt wirbelt Primo sein Flammenschwert durch die Luft. Eine Zeitlang hält das seine Gegner auf Abstand, doch lange wird es nicht funktionieren. Er braucht ganz schnell eine neue Idee.

Der Unsichtbarkeitstrank fällt ihm ein. Vielleicht können die Geister ihn nicht mehr treffen, wenn sie ihn nicht sehen. Während er mit der einen Hand um sich schlägt, kramt er mit der anderen die Flasche aus seiner Robe, entkorkt sie und trinkt den Trank aus.

Die Welt verblasst, als käme plötzlich Nebel auf, bis alle Konturen verschwunden sind und Primo gar nichts mehr sehen kann. Hat sich Ruuna etwa im Rezept geirrt? Wenigstens spürt er keine Schwertschläge der Geister mehr.

Nach einem Moment verzieht sich der Nebel, doch die Welt um Primo herum ist nun seltsam verzerrt und wabert hin und her. Er sieht die Geister, die ziellos in Karos Haus hin und her fliegen, als suchten sie ihn. Nach einer Weile zerplatzen sie in der Luft.

Primo sieht aus dem Fenster. Eine Gestalt kommt langsam auf das Haus zu. Es ist der Graf! Er war es also, der die Geister beschworen hat.

Der Bösewicht bleibt vor der Tür stehen und lauscht. Langsam öffnet er die Tür und schaut hinein. Primo umklammert sein Schwert. Wenn er sich jetzt anschleicht und auf den Grafen stürzt, kann er ihn vielleicht besiegen ...

Doch das Risiko ist zu groß. Primo hat keine Ahnung, wie stark der Graf ist, aber wenn er ihn nicht gleich mit dem ersten Schlag tötet, wird sein Gegner wahrscheinlich noch mehr der fliegenden Plagegeister beschwören, und womöglich hat er auch noch andere Zauber auf Lager. Besser, Primo verschwindet, solange er es noch kann, und versucht, die anderen zu warnen.

Der Graf hebt den Kopf und sieht sich um, als habe er ein Geräusch gehört. Primo wagt kaum, zu atmen. Lautlos schleicht er sich an seinem Gegner vorbei und durch die geöffnete Tür nach draußen. Dann rennt er los.

Erst nach hundert Schritten wagt er es, sich umzusehen. Der Graf läuft durch das Dorf, als suche er ihn immer noch.

Primo hastet durch die Wüste. Die Sonne steht schon hoch. Es besteht kaum noch eine Chance, rechtzeitig zu Hause zu sein, um die anderen zu warnen. Trotzdem rennt er, so schnell er kann, und ignoriert dabei die Schmerzen seiner Verletzungen.

Als er endlich das Dorf erreicht, ist es bereits Nachmittag. Wie er befürchtet hatte, kommt er zu spät: Das Dorf am Rand der Schlucht ist genauso leer wie das Wüstendorf.

Aus der Schmiede klingt wildes Gebell. Als Primo die Haustür öffnet, springt ihn Paul, der Wolf, an und leckt ihm das Gesicht ab.

Auf dem Esstisch findet Primo einen Zettel von Golina: *Leider warst du nicht rechtzeitig da. Wir sind morgen wieder zurück. Es ist noch etwas Pilzsuppe für das Abendessen auf dem Herd. Kümmere dich bitte um Paul. Deine Golina.*

8. Das große Haus

Keuchend hastet Golina zusammen mit den anderen Dorfbewohnern hinter dem Bediensteten des Grafen her durch den Wald.

Pünktlich zur Mittagszeit erschien er im Dorf, genau wie es auf der Einladung stand. Golina hat extra ihr bestes Kleid angezogen, was nicht viel heißt, weil all ihre Kleider die gleiche braune Farbe haben. Wenn sie doch bloß ein weißes Kleid besäße, wie sie es in ihrem Traum trug! Doch Weiß ist die Farbe der Bibliothekare, und nur Margi und Nimrod tragen diese. Sie wirft einen neidvollen Blick zu ihrer Freundin, die Hand in Hand mit Kolle geht.

Ein Stich geht durch Golinas Herz. Irgendwie ist es typisch, dass Primo unterwegs wieder rumtrödeln musste und nicht rechtzeitig zurück im Dorf war. Trotzdem hoffte sie bis zuletzt, dass er doch noch kommen würde. Sie versuchte sogar, den Bediensteten dazu zu überreden, noch etwas zu warten. Der jedoch wies ihre Bitte höflich, aber bestimmt zurück – man könne bei einem so bedeutenden Mann wie dem Grafen nicht unpünktlich sein.

„Sind wir bald da?“, fragt Nano mit quengliger Stimme.

„Woher soll ich das wissen?“, fährt sie ihn an. Doch im selben Moment bedauert sie ihren scharfen Tonfall. Schließlich kann der Junge nichts für die Unzuverlässigkeit seines Vaters. „Tut mir leid, Nano. Es ist bestimmt nicht mehr weit."

Das hofft sie jedenfalls, denn auch Golina tun langsam die Füße weh. Sie sind schon ziemlich lange unterwegs, und der Bedienstete legt ein hohes Tempo vor. Nachdem sie die große Wiese östlich des Dorfs überquerten, mussten sie durch einen Fluss waten und gelangten in einen Wald. Der Diener führte sie weiter Richtung Osten bis zur Küste eines Meeres. Dieser folgten sie eine Weile in nordöstlicher Richtung, bevor sie sich nach Norden wendeten und diesen Wald betraten, der so dicht ist, dass das Sonnenlicht kaum den Boden erreicht und Golina das schlimme Gefühl hat, der Einbruch der Nacht könne nicht mehr weit sein. Hin und wieder hören sie in der Ferne sogar das Stöhnen von Nachtwandlern.

„Guck mal, Mama, daraus kannst du ganz viel Suppe machen", sagt Nano und deutet auf einen gigantischen Pilz, der zwischen den Bäumen aufragt. „Die kannst du dem Grafen verkaufen, und dann sind wir ganz reich."

Golina wirft einen skeptischen Blick auf den Riesenpilz. Selbst, wenn dem Grafen ihre Suppe geschmeckt hat, bezweifelt sie, dass er so viel davon gebrauchen könnte.

„Bei Notch, wie weit ist es denn noch?", fragt Magolus, der hinter Golina her trottet.

„Die Herrschaften werden es merken, wenn wir unser Ziel erreicht haben“, gibt der Bedienstete zurück.

Kommt es Golina nur so vor, oder ist seine Stimme tatsächlich weniger freundlich als vorhin im Dorf? Wie auch immer, ihr bleibt nichts übrig, als ihm zu folgen, so wie die anderen auch.

Endlich erreichen sie den Rand des Waldes und betreten eine Ebene, auf der einige Schafe friedlich weiden. Ein Fluss windet sich durch eine Senke. Auf der anderen Seite setzt sich der Wald fort.

Die Sonne steht bereits tief im Westen, und Golina macht sich langsam Sorgen, dass sie das Anwesen des Grafen nicht mehr vor Anbruch der Nacht erreichen werden. Sie weiß nicht, was daran schlimmer wäre: Dass sie es mit Monstern zu tun bekommen könnten, oder dass sie zu spät zum Festmahl eintreffen würden.

„Die Herrschaften mögen bitte auf ihre Schritte achten!“, warnt der Bedienstete und weist auf eine tiefe Spalte im Boden hin, in der ein Lavastrom aus der Wand schießt.

„Pass auf, dass du da nicht reinfällst“, ermahnt Golina Nano und hält ihn sicherheitshalber an der Hand fest.

Sie überqueren die Schlucht und den Fluss über eine schmale Landbrücke und betreten den Wald auf der anderen Seite, während die untergehende Sonne den Himmel rot färbt. Bald sind sie wieder von den Schatten der Bäume umgeben, die jetzt, in der Abenddämmerung, noch finsterer sind. Das *Unngh* der Nachtwandler und das Klappern der Knochenmänner sind nun von allen Seiten zu hören.

„Das ist aber ganz schön unheimlich hier!", sagt Kaus.

„Bist du sicher, dass wir hier richtig sind?", fragt Olum.

„Woher soll ich das wissen? Frag doch den Diener des Grafen."

„Wo ist eigentlich unser Dorfbeschützer? Müsste der nicht hier sein, um uns gegen Monster zu verteidigen?"

„Keine Ahnung. Frag Golina."

„Golina, wo ist Primo?", will Olum wissen.

„Er kommt bestimmt bald nach", erwidert sie missmutig.

„Das ist wieder mal typisch!", beschwert sich der Fischer. „Den ganzen Tag stolziert er in seiner Diamantrüstung herum und führt sich auf, als sei er der wichtigste Mann im Dorf, und wenn man ihn mal braucht ..."

„Primo hat unser Dorf schon mehrmals gerettet!", faucht Golina. „Bestimmt gibt es einen guten Grund dafür, dass er es nicht rechtzeitig zurück ins Dorf geschafft hat!"

Als sie das sagt, bekommt sie plötzlich eine Gänsehaut. Was, wenn es stimmt? Was, wenn er in Gefahr ist? Auf einmal fragt sie sich, ob er nicht vielleicht recht hatte mit seinem Misstrauen gegenüber dem Grafen. Doch nun ist es für Zweifel zu spät.

Margis Stimme reißt sie aus ihren trüben Gedanken. „Seht mal, da vorne! Da ist ein Licht!“

Jetzt sieht Golina es auch: Der flackernde Schein von Fackeln ist zwischen den Bäumen zu erkennen. Kurz darauf stehen sie vor einem Haus, dessen Größe Golina nur erahnen kann. Ein offener Durchgang, der links und rechts von großen Fenstern flankiert ist, führt ins Innere.

In dem Durchgang steht der Graf. „Willkommen in meiner bescheidenen Behausung“, sagt er und verbeugt sich leicht. „Tretet ein. Wenn Ihr gestattet, führe ich Euch zunächst ein wenig herum.“

Er lächelt auf eine Weise, die Golina alle Zweifel an seiner Aufrichtigkeit vergessen lässt. Mit klopfendem Herzen betritt sie zusammen mit den anderen das Anwesen. Sie gelangen in eine Halle, in der eine große Steintreppe nach oben führt. Links und rechts verlaufen Gänge, die mit elegantem, rotem Teppich belegt und mit Fackeln erleuchtet sind. Vor der Treppe ist ein Loch mit einer Wasserpfütze.

„Wenn Ihr mir bitte folgen wollt!“, sagt der Graf und wendet sich nach links. Staunend folgen sie ihm durch das Haus, das Golina so vorkommt, als sei es größer als das ganze Dorf an der Schlucht.

Vom Gang aus führen Durchgänge in unbeleuchtete, fensterlose Räume, deren Zweck ihnen ihr Gastgeber erklärt, während sie daran vorbeikommen: „Dies hier ist unsere Baumschule. Wir fühlen uns dem Wald verpflichtet und betreiben eine aktive Aufforstung. Der Raum dort gegenüber mit dem schwarz-weiß gemusterten Boden dient der körperlichen Ertüchtigung - meine Diener und ich müssen schließlich in Form bleiben. Und das hier ist unser Wolllager."

„Erstaunlich!", ruft Jarga aus. „Ich habe gar nicht gewusst, dass es blaue Schafe gibt!"

Sie haben das Ende des Gangs erreicht und kehren zurück zum Eingang. Von dort aus führt der Graf sie in die andere Richtung.

„Bitte Vorsicht beim Überqueren dieses Wasserlochs", sagt der Graf. „Der Untergrund hier ist etwas feucht und es gab beim Bau einige Probleme. Aber diese Mängel werden in Kürze abgestellt sein."

„Ist denn das Haus hier gerade erst erbaut worden?", fragt Golina.

„Aber natürlich, meine Teuerste!", erwidert der Graf lächelnd. „Glaubt mir, wenn ich schon länger in dieser Gegend wohnen würde, hätten wir uns schon viel früher kennengelernt." Er zwinkert ihr zu. „Vielleicht wäre dann Euer Leben ganz anders verlaufen."

Golina versucht, sich vorzustellen, wie es wäre, wenn sie hier in diesem überwältigenden Anwesen leben würde statt in einem winzigen Haus in dem kümmerlichen Dorf am Rand der Schlucht. Es ist eine beeindruckende, aber auch ein wenig beängstigende Vorstellung. Und Primo ist nun mal kein reicher Graf. Dafür hat er andere Vorzüge ...

Das Stöhnen eines Nachtwandlers in der Nähe reißt sie aus ihren Gedanken.

„Gibt es hier drin etwa Monster?“, fragt Hakun und spricht damit Golinas Gedanken aus.

„Keine Sorge, Ihr seid hier in absoluter Sicherheit“, erwidert der Graf. „Vertraut mir!“

Er setzt seine Führung fort. Sie kommen an gewaltigen Holzsäulen vorbei und sehen einen Raum mit einer steinernen Bank, auf der fünf Blumentöpfe stehen.

„Ich ziehe mich gern hierher zurück, um zu meditieren“, erklärt der Graf. „Die Blumen sind Symbole für meine früheren Geliebten, die alle seit Langem tot sind.“

„Ihr habt schon fünf Frauen gehabt?“, fragt Golina erschrocken.

„Ich bin nun mal nicht mehr der Jüngste“, erwidert der Graf.

„Was ... was ist mit Euren Geliebten passiert?“

„Sie starben alle früh. Ich bin wohl dazu verflucht, niemals wahres, dauerhaftes Liebesglück zu finden ..." Seine Stimme klingt traurig.

Golina würde gern mehr darüber erfahren, doch es erscheint ihr taktlos, nachzufragen, woran die fünf Frauen gestorben sind.

Um vom Thema abzulenken, fragt sie: „Was ist denn das da für ein Raum mit den Metalltüren und den vergitterten Fenstern?"

„Das ist unser Sicherheitsbereich", sagt der Graf. Was genau das bedeuten soll, erklärt er nicht. „Und hier haben wir den Ahnenraum. Er ist dem Andenken an meine Vorfahren gewidmet. Das dort drüben ist einer unserer Lagerräume."

„Was ist denn in all den Kisten?", will Olum wissen.

„Ach, dies und das", antwortet der Graf ausweichend.

Golina stellt sich vor, dass die Kisten alle randvoll mit Smaragden sind. Das würde erklären, warum ihr Gastgeber im Dorf so großzügig damit war.

„Warum ist es hier eigentlich überall so dunkel?", fragt Porgo.

„Ich bin selten hier unten", erklärt der Graf. „Die ganze Zeit Fackeln brennen zu lassen, während niemand hier ist, wäre doch Energieverschwendung."

„Aber lockt die Dunkelheit nicht Monster an?"

„Wie gesagt, Ihr müsst keine Angst vor Monstern haben. Ihr seid hier in absoluter Sicherheit. Vertraut mir!“

Doch genau in dem Moment, als er das sagt, sieht Golina eine Gestalt durch die Dunkelheit huschen.

„Da ... da ist ein Nachtwandler in dem Raum!“, ruft sie aus.

Das löst eine Panik unter den Dorfbewohnern aus, die wie aufgescheuchte Hühner umherlaufen und Schreckensrufe ausstoßen.

„Monster! Rette sich wer kann!“

„Hilfe!“

„Wir sind verloren!“

„RUHE!“, donnert der Graf. „Ich sagte doch, Ihr seid hier in Sicherheit! Igor, kümmere dich um das Ungeziefer!“

Der Diener des Grafen, der sie ebenfalls bei der Führung begleitet, zückt eine Axt und verschwindet in dem Lagerraum. Kurz darauf ist ein abgehacktes Stöhnen zu hören, dann Stille. Als Igor zurückkommt, kleben an seiner Axt einige Fetzen fauligen Fleisches. Das Gesicht des Dieners ist ausdruckslos, so als hätte er das schon hundertmal gemacht.

Golina erschaudert.

„Der Rest des Untergeschosses ist uninteressant“, erklärt der Graf. „Es sind nur noch ein paar weitere Lagerräume da. Wenn Ihr mir nun bitte zurück zum Eingangsbereich folgen wollt.“

Der Graf führt sie die breite Treppe hinauf in den ersten Stock. Auch hier verlaufen Gänge mit roten Teppichen. Hohe Fenster geben den Blick auf den dichten Wald und den Sternenhimmel frei.

„Dies ist unser Wohnbereich", erklärt der Graf. „Hier werdet auch Ihr die Nacht verbringen, nachdem wir gemeinsam gespeist haben."

Sie kommen an prächtigen Schlafzimmern mit großen Betten vorbei, jeder Raum größer als Golinas ganzes Haus. Der Graf besitzt gleich mehrere Bibliotheken. Als er ihnen eine davon zeigt, sagt Margi:

„Wir haben Euch ein Gastgeschenk mitgebracht, verehrter Graf!"

Sie überreicht ihm das Buch, das sie aus Nimrods Bibliothek mitgebracht haben: *Würfelwelt* von einem gewissen Karl Olsberg.

Der Graf zieht eine Augenbraue hoch. „Ein Roman. Wie ... originell. Äh, danke." Er nimmt das Buch und gibt es seinem Bediensteten. „Igor, stell es zu den anderen."

„Euer Haus ist wirklich atemberaubend!", sagt Golina.

„So wie Ihr, schöne Dame!", gibt der Graf zurück und lächelt. „Ich hoffe, Ihr werdet mir das Vergnügen machen und noch viel Zeit hier verbringen." Das Lächeln verzieht sich zu einem breiten Grinsen, das Golina schaudern lässt.

„Ich, äh, komme gern noch einmal mit meinem Mann her“, sagt sie rasch.

„Gewiss, gewiss“, erwidert der Graf. „Aber nun habe ich Euch lange genug herumgeführt. Kommt, das Essen ist bereits angerichtet.“

Er führt sie in einen großen Saal, in dem ein langer Tisch in U-Form aufgestellt ist. Köstliche Speisen türmen sich darauf.

„Das sieht aber lecker aus!“, freut sich Olum.

„Ich hab Hunger“, stellt Kaus fest.

„Bevor wir zur Tafel schreiten, möchte ich Euch alle zu einem kleinen Begrüßungstrunk einladen“, sagt der Graf. „Igor, bringe unseren Gästen bitte unseren besten Wein!“

Der Diener drückt jedem Dorfbewohner einen Glaskolben mit einer dunkelroten Flüssigkeit in die Hand. Sogar Nano und Maffi erhalten ein Gefäß.

„Ist das Getränk denn für Kinder geeignet?“, fragt Golina.

Der Graf lächelt. „Besonders für Kinder“, sagt er. Dann hebt er seinen eigenen Glaskolben.

„Zum Wohl!“, ruft er und leert ihn in einem Zug. Die Dorfbewohner tun es ihm gleich. Auch Golina trinkt das Gebräu mit ein paar großen Schlucken aus. Es schmeckt angenehm süß, mit einer leicht säuerlichen Note.

Doch plötzlich beginnt der Saal, sich zu drehen, und ihr wird schwarz vor Augen.

9. Immer der Nase nach

Paul spitzt die Ohren. Da draußen ist jemand! Er schnüffelt an der Tür. Ja, da kommt Primo. Endlich!

Paul hasst es, im Haus eingesperrt zu sein, besonders, wenn er allein bleiben muss. Begeistert springt er an seinem Befreier hoch und leckt ihm das Gesicht, um ihm zu zeigen, wie sehr er sich freut.

„Bäh, igitt, lass das, Paul“, sagt Primo, was wahrscheinlich so viel bedeutet wie *ich freue mich auch.*

„Wuff! Wawau Wuffwau!“, macht Paul. *Da ist so eine Großnase gekommen, die komisch riecht, und Golina und Nano sind mit ihr gegangen, und die anderen Mitglieder unseres Rudels auch. Aber ich durfte nicht mit und wurde hier eingesperrt, und das finde ich doof.*

„Komm, du musst mir helfen, Frauchen zu finden!“, sagt Primo.

Paul hat keine Ahnung, was das bedeutet. Er bellt: *Schnell, komm mit! Wir müssen Golina finden! Die stinkende Großnase ist böse, das kann ich riechen!*

„Such, Paul!“, sagt Primo.

Das immerhin versteht Paul. Er schnüffelt am Boden. Da ist ein Geruch, den er überhaupt nicht leiden kann. Mit gesträubtem Fell folgt er der Geruchsspur bis zu einem Haus.

Oben auf dem Dach sitzt die doofe Katze, die ihn immer ärgert. *Na warte, dir werd' ich's zeigen*, bellt er. *Komm runter, dann kannst du was erleben!*

Die Katze gähnt und leckt sich eine Pfote. *Komm doch und hol mich*, scheint sie damit auszudrücken.

Das blöde Vieh denkt, sie wäre die Chefin im Dorf! Und das bloß, weil sie immer auf dem Kopf von dem komischen Metallmann sitzt. Aber der ist nicht mehr da, und jetzt wird Paul ihr mal zeigen, wer hier ...

„Paul, aus!“, ruft Primo.

Paul blickt ihn verwundert an und bellt: *Aber du hast doch „such“ gesagt!*

„Such!“, sagt Primo. „Such Frauchen!“

„Wuff!“, macht Paul. *Hä?*

„Such Frauchen!“, sagt Primo noch einmal.

Paul weiß nicht, was Primo damit meint, aber offensichtlich soll er nicht die blöde Katze suchen, sondern etwas anderes. Er bellt noch einmal in Richtung Hausdach: *Wir beide sind noch nicht fertig miteinander!* Dann schnüffelt er am Boden.

Eine Vielzahl von Spuren finden sich dort: Jedes der anderen Rudelmitglieder hat seinen eigenen, typischen Geruch. Da ist zum Beispiel der leckere Duft der Großnase, die Fleisch zubereitet, und der Gestank des Mannes, der glibbrige Fische aus dem Fluss zieht, oder das muffige Aroma des Rudelmitglieds, das in dem großen Steinhaus lebt und so viel schläft. Er findet auch den Geruch von Nano, der immer so lustig mit ihm spielt, und natürlich den lieblichen Duft von Golina, die er als Rudelführerin ansieht. Und dann ist da noch der beißende, durchdringende Gestank der fremden Großnase.

Paul schnüffelt weiter und stellt fest, dass die frischesten Spuren alle in dieselbe Richtung führen – über die Brücke und hinaus auf die Wiese, auf der man so herrlich Schafe und Hühner jagen kann. Mit wedelndem Schwanz läuft er dorthin und bellt: *Wollen wir ein bisschen fangen spielen?*

Die Schafe blöken empört. Die Faulpelze haben wieder mal keine Lust, mit ihm zu spielen. Aber das macht nichts, sie werden schon Spaß haben, wenn er sie erst ein bisschen in Schwung bringt. Paul rennt kläffend hinter einem besonders dicken Schaf her.

„Paul, lass das!“, ruft Primo. „Such Frauchen!“

Ach ja, richtig, die Spuren. Sie führen in Richtung des Waldes.

Paul liebt den Wald. Er erinnert sich noch, wie er ein Welpe war und mit seinem alten Rudel im Wald gelebt hat. Da konnte man Hasen jagen, das hat Spaß gemacht. Einmal hat er einen Hasen verfolgt, der über ein Loch im Boden sprang. Paul wollte hinterherspringen, doch das Loch war zu groß, und so fiel er hinein. Er kam nicht mehr heraus, und sein altes Rudel konnte ihm nicht helfen, also ließen sie ihn allein zurück. Nie wird er die schlimme Nacht vergessen, die er einsam und hungrig in dem Loch verbrachte. Doch dann kamen Primo und Kolle, die freundlichen Großnasen, befreiten ihn und gaben ihm leckeres Fleisch. Seitdem ist er glücklich und stolz, ein neues Rudel gefunden zu haben.

Nun ist dieses Rudel hinter der bösen Großnase hergelaufen. Warum bloß? Vielleicht wollen sie jetzt alle unter den Bäumen leben, so wie richtige Wölfe? Das wäre schön!

Als sie den Wald erreichen, wittert Paul neue Spuren: wilde Schweine, Hasen ... und sogar fremde Wölfe! Er knurrt. Ein feindliches Rudel! Die haben hier nichts zu suchen!

Verzieht euch!, heult er. *Das hier ist unser Revier!*

Doch er erhält keine Antwort. Die anderen Wölfe scheinen nicht in der Nähe zu sein. Er überlegt, ob er vielleicht ein paar Hasen jagen soll, nur so zum Spaß, um alte Erinnerungen aufzufrischen. Doch er kann Primos Ungeduld und Sorge spüren. Also konzentriert er sich wieder auf die Spuren seines Rudels.

Er folgt ihnen bis zum Rand eines Meeres. Im Sand sind die Fährten nicht so einfach zu verfolgen, denn sie werden von dem seltsamen, salzigen Geruch des Wassers überlagert. Doch Paul hat eine gute Nase, und es gelingt ihm, die Spur wieder aufzunehmen.

Während sie weiter durch den dichten Wald hasten, geht die Sonne unter, und die Monster der Nacht kommen zum Vorschein. Nicht, dass Paul vor ihnen Angst hätte – sie tun Wölfen normalerweise nichts und sind viel zu langsam, um ihm gefährlich zu werden. Doch Großnasen sind nicht so schnell wie Wölfe, und Primo kann den Monstern nicht so gut davonlaufen, vor allem, wenn sie von allen Seiten gleichzeitig kommen, so wie jetzt gerade.

Also heißt es nun, sein Rudel zu verteidigen. Paul stürzt sich auf einen der stinkenden Kerle und beißt ihn ins Bein. Igitt! Der Geschmack fauligen Fleischs ist ekelhaft!

Nachdem Paul den Angreifer besiegt hat, stürzt er sich auf einen Knochenmann. Der schießt spitze Stöcke in seiner Richtung, und einem davon kann Paul nicht schnell genug ausweichen, so dass er am Schwanz getroffen wird. Er jault auf. *Aua!* Das tut weh, und außerdem ist es entwürdigend. Kein Wolf würde einem anderen in den Schwanz beißen, sowas gehört sich einfach nicht!

Wütend springt Paul den klapprigen Knochenmann an und reißt ihn in Stücke. Immerhin, die Knochen schmecken lecker.

„Braver Wolf", sagt Primo und steckt den langen, brennenden Stock weg, mit dem er drei andere Angreifer verhauen hat. Er tätschelt Pauls Kopf.

„Wau! Wuffwau!", macht Paul. *Nehmt euch in Acht ihr Monster, ich bin der Größte und Stärkste!*

„Jetzt such weiter!", drängt Primo.

Paul versteht nur das Wort „such", aber das reicht, um ihn an seine Aufgabe zu erinnern. Doch der Gestank der Nachtwandler ist überall und überdeckt die Spuren seines Rudels. Paul läuft hierhin und dorthin, schnüffelt am Boden, an Baumstämmen und Steinblöcken, doch die Monster haben die Fährte verwischt.

„Wau!", macht er. So ein *Mist! Ich finde die Spur nicht mehr!*

„Komm mit, Paul!", sagt Primo. „Wir gehen einfach in die Richtung weiter, in die die Spur zuletzt geführt hat."

Paul weiß nicht, was er damit meint, folgt ihm jedoch. Bald verflüchtigt sich der Monstergestank, und er findet die Fährte des Rudels wieder. Respektvoll blickt er Primo an und bellt: *Wusste gar nicht, dass du so eine gute Nase hast!*

Sie folgen der Spur durch den Wald, über eine Wiese, vorbei an einem tiefen Loch im Boden, das Paul Angst macht, über einen Fluss hinweg und wieder in dichten Wald. Noch einmal müssen sie einen Monsterangriff abwehren, doch schließlich endet die Spur an einem großen Berg aus Holzblöcken. Ein entsetzlicher Gestank dringt daraus hervor.

Paul knurrt und blickt Primo an.

„Wuff!" *Du willst doch wohl nicht ernsthaft da reingehen?*

Doch genau das scheint sein Freund vorzuhaben.

10. Retter in Not

Vorsichtig betritt Primo das riesige Haus. Eine breite Steintreppe führt nach oben. Von dort hört er Stimmen, kann jedoch nicht verstehen, was sie sagen. Links und rechts verlaufen mit rotem Teppich belegte Gänge, die von einigen Fackeln beleuchtet sind.

Paul knurrt.

„Psst!“, macht Primo. „Du musst ganz leise sein, Paul!“

Der Wolf sieht ihn mit großen, verständnislosen Augen an. „Wau!“, macht er.

Die Stimmen von oben werden lauter, und auf der Treppe sind Schritte zu hören. Rasch hastet Primo aus dem Haus und versteckt sich hinter einem Baum. Als er vorsichtig um die Ecke lugt, sieht er einen der Diener des Grafen im Eingang des Hauses.

Paul knurrt ihn an. Der Diener zückt eine Axt und geht damit auf den Wolf los, der erschrocken aufjault und davon läuft.

Primo greift nach seinem Schwert, besinnt sich dann jedoch eines Besseren. Wenn er den brutalen Diener angriffe, würde er damit seine Anwesenheit verraten. Besser, er bleibt unentdeckt.

Nachdem der Diener ins Haus zurückgekehrt ist, schleicht sich Primo zu Paul, der zitternd hinter einem Gebüsch kauert und winselt. Als er seinen Herrn sieht, wedelt er mit dem Schwanz.

Primo streichelt den Wolf, bis er sich beruhigt hat. Besser, er geht von hier aus allein weiter. Paul würde ihn nur behindern, während er versucht, herauszufinden, was mit Golina und den anderen passiert ist. Außerdem möchte er nicht, dass einer der Diener Hackfleisch aus ihm macht.

„Paul, bleib!", kommandiert er.

Der Wolf sieht ihn traurig an, aber er gehorcht und rührt sich nicht von der Stelle.

Vorsichtig schleicht sich Primo zum Hauseingang zurück. Er blickt an der steilen Wand empor, die hoch in den dunklen Himmel ragt. Weiter oben gibt es große Fenster, doch sie sind zu hoch, um hindurchzusehen. Es sei denn ...

Primo schleicht um das Gebäude herum, bis er einen hohen Baum findet. Er klettert hinauf. Von der Spitze der Blätterkrone aus kann er durch die Fenster des ersten Stockwerks sehen. Er erblickt einen hell erleuchteten Saal, in dem sich die Bewohner seines Heimatdorfs drängen.

Deutlich erkennt er Magolus, Kolle und den alten Lausius. Dann sieht er eine Frau in einem braunen Kleid am Fenster stehen, den Rücken ihm zugewandt, während sie mit dem bösen Grafen redet. Golina! Primos Herz verkrampft sich.

Während er noch überlegt, was er tun soll, verteilt ein Diener Glasgefäße mit einer dunkelroten Flüssigkeit an alle. Oh nein! Das ist bestimmt der Trank, mit dem der Graf die Dorfbewohner in willenlose Diener verwandelt!

Der Graf hebt seinen Glaskolben und trinkt ihn in einem Zug aus. Nun setzen auch die Dorfbewohner das Getränk an die Lippen.

„Nein!“, schreit Primo. „Tut das nicht!“

Doch niemand hört ihn. Er muss mit ansehen, wie auch Golina die rote Flüssigkeit austrinkt.

Als sie den leeren Glaskolben absetzt, sieht es so zunächst so aus, als wäre nichts Besonderes geschehen. Doch dann fällt ihr das Gefäß aus der Hand und sie sackt zu Boden, genau wie alle anderen Dorfbewohner.

Das ist zu viel für Primo. Er klettert vom Baum, rennt zum Hauseingang und stürmt mit gezogenem Flammenschwert die große Treppe hinauf. Oben bleibt er verwirrt stehen. Gänge führen nach links und rechts. Der Saal liegt auf der anderen Seite des Hauses. Doch welcher Weg führt dorthin?

Aufs Geratewohl rennt er den Gang nach rechts entlang. Als er um eine Ecke biegt, kommt ihm ein Diener entgegen.

„Aus dem Weg!“, brüllt Primo und rennt an ihm vorbei.

„Aber werter Herr ...“, ruft der Diener, doch Primo beachtet ihn nicht.

Der Gang macht einen Knick nach rechts, dann nach links. Primo wirft flüchtige Blicke in die Räume, die davon ausgehen. Er sieht einen kleinen Raum mit einem großen Tisch, an dem jedoch niemand sitzt, einen leeren Raum mit Holzsäulen an den hinteren Wänden und eine Treppe, die nach oben führt. Dann endet der Gang abrupt neben einem Durchgang, der in eine große Bibliothek führt.

Primo ist in eine Sackgasse gerannt! Als er sich umdreht, sieht er den Diener, der mit beschwichtigend erhobenen Händen auf ihn zu kommt.

„Falls der werte Herr zu den anderen Gästen möchte, möge er mir bitte folgen."

Primo stößt ihn grob zur Seite und rennt den Gang zurück bis zur Treppe, dann weiter in die andere Richtung, vorbei an mehreren großen Schlafzimmern und Bibliotheken, bis er endlich den großen Saal erreicht.

Zwei Diener sind gerade dabei, die Speisen vom Tisch zu räumen. Der Graf steht in der Mitte des Raums und blickt Primo verwundert an.

„Ihr kommt zu spät, junger Freund!", sagt er. „Das Essen ist bereits vorbei!"

Primo droht mit dem Flammenschwert. „Wo sind die Dorfbewohner? Wo ist Golina?"

„Beruhigt Euch doch!", sagt der Graf und kommt langsam auf Primo zu. „Eure Freunde und Eure Frau haben sich bereits zur Ruhe begeben. Kommt, trinkt erst einmal einen Schluck mit mir, dann geht es Euch gleich besser!"

Er hält Primo ein Glasgefäß mit roter Flüssigkeit hin.

„Das könnte dir so passen!", ruft Primo. „Ich weiß, dass das ein Trank ist, der einen willenlos macht. Sag mir sofort, wo Golina und Nano sind, oder ich haue dich in Stücke!"

Bei diesen Worten ziehen die beiden Diener im Raum ihre Äxte. Der Graf hebt die Arme, als wolle er Primo beschwichtigen, doch er murmelt ein paar fremdartige Worte, und plötzlich schießen um ihn herum aus dem Boden hölzerne Fangzähne und schnappen nach Primos Füßen.

Heißer Schmerz schießt durch seine Beine, doch noch schlimmer ist, dass er sich einen Moment lang nicht richtig bewegen kann. Dies nutzen die beiden Diener, die seine Arme packen. Primo wehrt sich mit aller Kraft, doch die Diener sind stark wie Nachtwandler und entreißen ihm sein Flammenschwert, so dass er wehrlos ist.

Dann heben sie ihre Äxte. Primo sieht sein letztes Stündlein gekommen, doch der Graf gebietet ihnen Einhalt. „Sperrt ihn ins Verlies!", befiehlt er. „Ich werde mich später mit ihm beschäftigen. Vielleicht kann er uns noch von Nutzen sein."

„Jawohl, Herr!", sagen die beiden Diener gleichzeitig.

Sie schleppen den protestierenden Primo den Gang entlang und die Treppe hinunter bis zu einem

Raum, der in mehrere steinerne Zellen mit Eisentüren aufgeteilt ist. Einer der Diener hält Primo fest, während der andere ihm alle Ausrüstungsgegenstände abnimmt und ihm die Rüstung vom Körper reißt. Dann betätigt er einen Hebel, die Tür öffnet sich, und Primo wird in die Zelle gestoßen. Bevor er sich auch nur umdrehen kann, schließt sich die schwere Eisentür hinter ihm.

Frustriert schlägt Primo mit den Fäusten gegen die Tür.

„Lasst mich raus!", brüllt er. „Lasst mich sofort raus!"

Doch die Diener ignorieren ihn einfach.

Die Zelle ist nur fünf mal drei Blöcke groß. Auf dem Boden liegen zwei dünne Matten zum Schlafen, dazwischen steht ein eiserner Waschtrog. Ein vergittertes Fenster erlaubt den Blick in den Vorraum. Primo kann eine zweite Zelle erkennen, die rechtwinklig zu seiner angeordnet ist.

Er versucht, durch das Gitter an den Hebel zu gelangen, der die Tür öffnet, doch er ist außer Reichweite. So ein Mist!

„Zum Nether!", flucht er laut. „Wie konnte ich nur so blöd sein und einfach ins Haus stürmen, statt mir vorher genau zu überlegen, wie ich den Grafen überwältigen kann!"

„Machst du das nicht immer so?", ertönt eine vertraute Stimme.

„Ruuna?", fragt Primo verblüfft. „Bist du das etwa?"

„Wer soll ich denn sonst sein?" Ruunas Stimme erklingt aus der anderen Zelle.

„Wieso haben sie dich denn hier eingesperrt?"

„Weil der Graf und seine Diener gemeine Halunken sind, deshalb!"

„Ich meine, was ist in dem Saal passiert, als der Diener dieses rote Getränk herumgereicht? Hast du nicht davon getrunken?"

„Warum hätte ich davon trinken sollen? Das ist ein Trank, der willenlos macht, das hab ich sofort am Geruch gemerkt. Und ich bin nun mal nicht gerne willenlos."

„Warum hast du die anderen nicht gewarnt?"

„Warum hätte ich das tun sollen? Der Trank ist nicht gesundheitsschädlich, und die Wirkung lässt nach ein paar Tagen von selbst nach. Aber ich mochte ihn nicht. Als die anderen in Schlaf gesunken sind, wollten sie mich zwingen, auch was davon zu trinken, aber ich habe mich geweigert. Da haben sie mich hierher gebracht."

Primo seufzt. „Hast du irgendeine Idee, wie wir hier rauskommen?"

„Ja."

„Welche denn?"

„Wir warten, bis jemand die Tür öffnet."

Primo stöhnt. „Und wenn wir vorher rauswollen?"

„Du meinst, ohne dass jemand die Tür von außen öffnet?“

„Ja, genau.“

„Hmm ...“

Die Hexe scheint darüber nachzudenken. Nach einer Weile sagt sie: „Nö.“

„Was, nö?“

„Nö, ich habe keine Idee.“

Doch Primo gibt nicht auf. Die Hexe braucht manchmal etwas Anschub, bevor sie auf eine ihrer genial-chaotischen Lösungen kommt.

„Kannst du nicht irgendeinen Trank brauen?“

„Nein. Ich habe weder Zutaten noch einen Braustand dabei.“

„Hast du irgendwelche Tränke bei dir?“

„Ja.“

„Was denn für welche?“

„Stinktränke. Die wollte ich dem Grafen verkaufen, weil sie doch auf dem Markt im Dorf der Verkaufsrenner waren. Aber er wollte keine haben.“

„Diese ganze Großzügigkeit war nur vorgetäuscht“, sagt Primo. „Ich wette, seine Diener haben die Smaragde im Dorf längst alle wieder eingesammelt.“

„Das ist gemein! Dann will ich auch meine Stinktränke zurückhaben!“

„Lass mich bloß in Ruhe mit deinen Stinktränken!“, ruft Primo genervt.

„Soll ich mal einen werfen? Du wirst sehen, die stinken wirklich gewaltig."

„Nein, danke!"

Frustriert geht Primo in seiner kleinen Zelle auf und ab. Wieder einmal hat er sich gekonnt in eine ausweglose Situation manövriert und nicht die geringste Ahnung, was er tun soll. Wenn er wenigstens wüsste, wie es Golina und Nano geht ...

11. Grau in Grau

Golina schlägt die Augen auf und sieht sich verwundert um. Sie liegt in einem sehr großen, breiten Bett, an dessen Ecken Säulen aufragen, die ein hölzernes Dach tragen. Sie lächelt. Ein Bett mit einem Dach erscheint ihr seltsam, obwohl sie nicht genau weiß, warum.

Noch etwas ist merkwürdig: Alles ist grau und wirkt ein wenig verschwommen, so als hätte sie einen dünnen Schleier über den Augen. Doch als sie sich ins Gesicht fasst, spürt sie nichts.

Neben ihr liegt ein Junge im Bett. Sie hat das Gefühl, ihn schon einmal gesehen zu haben, doch sie kann sich nicht erinnern, woher sie ihn kennt. Genau genommen kann sie sich an gar nichts erinnern, außer daran, dass sie Golina heißt, und selbst darin ist sie sich nicht ganz sicher.

Hat sie schon immer in diesem Zimmer gewohnt? Sie weiß es nicht genau, doch es fühlt sich so an, als gehöre sie nicht hierher.

Sie streckt sich genüsslich. Sie hat so gut geschlafen in diesem weichen Bett! Aber sie ist hungrig. Also steht sie auf und tritt hinaus auf einen grauen Gang mit grauen Wänden und einem dunkelgrauen Teppich. Auch die Welt draußen vor dem Fenster ist farblos, aber das stört Golina nicht, denn sie fühlt sich rundum zufrieden.

Ein Mann kommt ihr entgegen. Er ist elegant gekleidet, mit einer dunklen Jacke, auf der Knöpfe silbern funkeln, und einer gestreiften Hose.

„Guten Tag, werter Herr!“, sagt Golina höflich.

„Quatsch nicht rum!“, erwidert der Fremde unfreundlich. „Der Herr erwartet dich im Kartenraum. Beeil dich!“

„Im Kartenraum?“, fragt Golina verwirrt. „Verzeiht, aber ich ... ich erinnere mich nicht ...“

„Komm mit!“

Der elegant gekleidete Mann geht den Gang entlang. Obwohl er unfreundlich ist, folgt Golina ihm. Sie hat das vage Gefühl, dass es nicht gut wäre, wenn sie nicht auf ihn hört.

Der Mann führt sie eine Treppe hinauf und einen Gang mit Fenstern entlang bis zu einem Raum, in dem ein großer Tisch steht. Er hat eine seltsame, unregelmäßig gemusterte Oberfläche.

Neben dem Tisch steht ein Mann in einer schwarzen Robe mit glänzendem Saum. Als Golina in seine Augen sieht, fühlt sie ein tiefes Bedürfnis, diesen Mann glücklich zu machen und alles für ihn zu tun, egal, was er von ihr verlangt.

„Da bist du ja, meine Schöne!“, sagt der Mann, und seine Stimme ist weich und süß wie Sahnetorte. Am liebsten würde Golina ihm den ganzen Tag beim Reden zuhören. Dass er sie „meine Schöne“ genannt hat, macht sie sehr stolz.

„Kannst du dich an irgendetwas erinnern?“, fragt er.

„Nein, Herr“, erwidert sie. „Das heißt ... ich glaube, ich heiße Golina. Mehr weiß ich leider nicht.“

Sie hofft, dass der Mann nicht unzufrieden mit ihr ist, weil sie so dumm ist und so wenig weiß. Ihn zu enttäuschen wäre schlimm.

Doch er sagt: „Das ist gut, sehr gut sogar!“, und Golina strahlt vor Glück.

„Ich habe Hunger“, sagt sie. „Darf ich vielleicht etwas zu Essen haben?“

„Später“, antwortet der Mann mit den wunderschönen Augen. „Erst wird gearbeitet!“

„Gearbeitet?“, fragt Golina. „Aber ... aber ich weiß nicht, wie ...“

Sie erinnert sich ganz dunkel an Arbeit: Erde umgraben, Wassergräben anlegen, den Boden harken, kleine Samenkörner in die Furchen legen, Getreide ernten, Brot backen. Doch ob sie jemals selbst eine dieser Tätigkeiten ausgeführt hat oder ob sie es bloß bei jemand anderem gesehen hat, weiß sie nicht.

„Keine Sorge, Igor wird dir eine Arbeit zuweisen, die du bewältigen kannst.“

„Wer ist Igor?“, will Golina wissen.

„Ich bin Igor“, sagt der unfreundliche Mann, der sie hergebracht hat. „Komm mit!“

Unsicher blickt sie zu dem Mann mit den freundlichen Augen. Sie würde viel lieber bei ihm bleiben!

Doch der Herr nickt, und so folgt sie Igor, der sie wieder hinunter in den ersten Stock führt, dann noch eine Treppe hinab und hinaus in den Wald.

„Such Pilze!“, weist er sie an. „Wenn du einen Arm voll gefunden hast, kommst du zurück ins Haus und bringst sie mir. Dann lasse ich Suppe daraus kochen, und du bekommst etwas zu essen.“

„Jawohl“, sagt Golina. Sie blickt ihm nach, als er wieder ins Haus zurückkehrt.

Pilzsuppe, Pilzsuppe ... da ist ein Gedanke in ihrem Kopf, undeutlich, verschwommen, als wäre er unter einer dicken Wolldecke verborgen. Es kommt ihr so vor, als hätte sie selber schon einmal Pilzsuppe gekocht, aber sie kann sich nicht erinnern, wann und für wen. Ist ja auch nicht so wichtig. Es kommt allein darauf an, dass der Herr mit ihr zufrieden ist. Also tut sie am besten, was Igor gesagt hat.

Aber wo soll sie hier Pilze sammeln? Sie blickt sich um, aber in der Nähe wachsen keine. Sie wird wohl tiefer in den Wald gehen müssen. Der Gedanke macht ihr Angst. Was, wenn sie sich verirrt und nicht wieder zu dem großen Haus und ihrem Herrn zurückfindet?

Golina macht ein paar vorsichtige Schritte. Im Schatten der Bäume ist es so dunkel und unheimlich! Immer wieder dreht sie sich um und vergewissert sich, dass sie das große Haus noch sehen kann.

Als sie einen großen Baum umrundet, erblickt sie in der Nähe einen Pilz mit einer dunklen Haube und weißen Punkten. Erfreut läuft sie dorthin. Doch als sie den Pilz erreicht, staunt sie, wie groß er ist. Er überragt Golina bei Weitem. Komisch, sie hat immer geglaubt, Pilze wären klein, obwohl sie nicht genau weiß, warum sie das denkt.

Igor hat gesagt, sie soll einen Arm voll Pilze sammeln. Der Pilz hier ist auf jeden Fall groß genug, um beide Arme zu füllen. Sie versucht, ihn zu pflücken, doch der Stamm ist so dick und fest wie der eines Baums. So sehr sie auch zerrt und drückt, der dumme Pilz lässt sich nicht von der Stelle bewegen.

Frustriert gibt Golina auf. Vielleicht gibt es irgendwo in der Nähe kleinere Exemplare. Während sie weitersucht, hört sie ein klägliches Jaulen und Winseln. Was mag das wohl sein?

Hinter einem Gebüsch entdeckt sie einen Wolf, der reglos auf der Stelle hockt. Als er Golina sieht, wedelt er mit dem Schwanz, springt an ihr hoch und leckt ihr das Gesicht.

„He, was soll das?“, ruft sie erschrocken. „Lass das sein!“

Merkwürdig: Der Wolf gehorcht und ist ganz freundlich zu ihr, obwohl sie immer gedacht hat, Wölfe wären wild und gefährlich. Irgendetwas in ihrem Kopf muss ganz schön durcheinander geraten sein!

Sie denkt angestrengt nach. Der Wolf lebt im Wald, also müsste er eigentlich wissen, wo es hier Pilze gibt.

„Kannst du mir vielleicht sagen, wo hier in der Nähe Pilze wachsen?“, fragt sie.

„Wuff!“, macht der Wolf.

Ach ja, Wölfe können ja gar nicht sprechen. Wie dumm von ihr! Aber vielleicht kann er sie ja mit seiner empfindlichen Nase führen.

„Such!“, ruft sie. „Such Pilze!“

Der Wolf wedelt mit dem Schwanz, schnüffelt am Boden und läuft los. Golina folgt ihm aufgeregt. Was für eine gute Idee es doch war, den Wolf um Hilfe zu bitten! Der Herr mit den freundlichen Augen wird bestimmt sehr zufrieden mit ihr sein, wenn sie ihm ganz viele Pilze bringt.

Doch der Wolf läuft nicht in den Wald, sondern zum Haus. Komisch, soll das etwa heißen, die Pilze wachsen drinnen? Aber warum hat Igor sie dann in den Wald geführt?

„Halt, warte mal, Wolf!“, ruft sie, doch der Wolf ist schon im Inneren des Hauses verschwunden.

Sie folgt ihm einen Gang entlang bis zu einem Raum, in dem zwei kleinere Räume mit vergitterten Fenstern und Türen sind, als wären es kleine Häuser in einem großen Haus. Das findet Golina so komisch, dass sie lachen muss. Der Wolf springt an einer Tür hoch.

Ein Mann guckt aus dem Gitterfenster neben der Tür. „Golina!“, ruft er aus. „Du lebst! Notch sei Dank! Schnell, lass mich raus!“

Golina blickt den Mann verwundert an. „Woher kennt Ihr meinen Namen, werter Herr?“, fragt sie.

Der Mann macht ein verdutztes Gesicht. „Aber ... aber ich bin es doch, Golina! Primo, dein Mann!“

Nun ist es Golina, die verdutzt guckt. „Ihr sagt, Ihr seid mein Mann? Aber ich kenne Euch doch gar nicht!“

„Aber an Nano erinnerst du dich doch, oder? Wo ist er?“

„Nano?“, fragt Golina verwirrt.

„Dein Sohn!“, ruft der Mann verzweifelt. „Oje! Der Trank, den dir der Graf eingeflößt hat, hat dir offensichtlich dein Gedächtnis geraubt. Ruuna, kannst du irgendetwas dagegen machen?“

„Ich wüsste nicht, was, solange ich hier drin festsitze“, kommt eine Stimme aus dem anderen kleinen Raum.

„Golina, hör zu!“, sagt der Mann. „Du musst den Hebel neben der Tür nach unten ziehen!“

„Warum muss ich das?“, fragt Golina.

„Damit ich hier raus kann! Schnell! Wenn die Diener des Grafen merken, was hier los ist ...“

„Wer ist dieser Graf?“

„Golina, bitte! Ich erkläre dir alles, aber erst musst du mich rauslassen!“

„Muss ich gar nicht!“, sagt Golina, der das Ganze komisch vorkommt. Was, wenn der Mann sie bloß reinlegen will? Was, wenn ihr Herr ihn absichtlich in diesen Raum gesperrt hat und nicht möchte, dass er heraus kann? Es wäre ihr sehr unangenehm, wenn sie etwas gegen den Willen des Herrn tun würde. Vielleicht wäre er sogar wütend auf sie. Ein entsetzlicher Gedanke!

„Ich glaube, ich darf Euch nicht rauslassen“, sagt sie. „Aber wenn Ihr wollt, dann frage ich den Herrn. Vielleicht erlaubt er es mir ja.“

„Nein!“, ruft der Mann. „Golina, bitte! Wenn du es nicht um meinetwillen tust, dann tu es unserem Sohn zu liebe!“

„Ich weiß nicht, ob wir einen Sohn haben“, sagt Golina. „Ich weiß nicht, ob Ihr mich nicht anlügt und wir uns in Wirklichkeit gar nicht kennen!“

„Aber sieh doch!“, sagt der Mann. „Du hast Paul mitgebracht. Er kennt mich.“

„Wer ist Paul?“

„Der Wolf!“

„Der Wolf hat einen Namen?“

„Ja. Er lebt bei uns im Haus, in dem Dorf am Rand der Schlucht.“

Golina schüttelt den Kopf. Sie kann sich beim besten Willen nicht an ein Dorf erinnern, schon gar nicht an eines, das am Rand einer Schlucht liegt.

„Aber Paul hat dich erkannt, Golina. Er hat sich nicht wie ein wilder Wolf verhalten, oder?“

„Nein“, sagt sie unsicher.

„Siehst du, und mich mag er auch. Komm her, Paul. Ja, leck meine Hand. Braver Wolf."

„Das heißt gar nichts", sagt Golina. „Vielleicht mag der Wolf einfach jeden."

„Bei Notch, ich werde noch wahnsinnig!", stöhnt der Mann.

„Lass mich mal", sagt die Frau, die hinter der anderen Tür ist. „Golina, ich kenne ein lustiges Spiel. Es heißt ‚Lass mich raus, lass mich rein'."

„Ein Spiel?", fragt Golina erfreut. „Wie geht es denn?"

„Ganz einfach. Erst lässt du mich raus, dann lass ich dich rein. Und dann andersherum."

„Und wer hat gewonnen?"

„Wer zuerst an dem Hebel neben meiner Tür zieht."

„Aber vielleicht ist es dem Herrn nicht recht, wenn ich an dem Hebel ziehe und Euch rauslasse."

„Wenn du mich rauslässt und ich dich rein, dann ist ja immer noch jemand hier drin, und dein Herr ist zufrieden."

Golina denkt darüber nach. Das Denken fällt ihr in letzter Zeit schwer, und sie ist sich nicht sicher, ob die Frau mit dem komischen Hut wirklich die Wahrheit sagt. Aber das Spiel klingt lustig.

„Ha, ich hab gewonnen!", ruft Golina und zieht rasch an dem Hebel neben der Tür.

Die Frau kommt aus dem kleinen Raum.

„Darf ich jetzt rein?“, fragt Golina.

„Von mir aus“, sagt die Frau. „Aber erst muss ich Primo noch rauslassen.“

„Nein, ich mach das!“, ruft Golina und stürzt zu dem Hebel neben der anderen Tür. „Ich will gewinnen!“

Als sie den Hebel betätigt, springt der Mann heraus und umarmt sie.

„Golina! Notch sei Dank!“

„He, was soll das?“, ruft sie. „Lasst mich los!“

Da hört sie hinter sich schwere Schritte. Als sie sich umdreht, sieht sie einen großen Mann aus Eisen, der auf langen Metallbeinen hereinstakst. Seine Augen leuchten rot.

„Alarm!“, ruft der Metallmann mit schnarrender Stimme. „Alarm! Allgemeine Schutzverletzung in Sicherheitszone zwei!“

12. Der neue Diener

„Sei doch still, Asimov!“, mahnt Primo. „Du hetzt uns noch die Diener des Grafen auf den Hals!“

„Mir wurde die ausdrückliche Anweisung erteilt, Alarm zu schlagen, falls ein Unbefugter in den Sicherheitsbereich eindringt.“

„Aber diese Anweisung verstößt gegen die erste Golemregel!“

„Tut sie nicht!“, widerspricht der Golem. „Man hat mir ausdrücklich versichert, dass niemandem ein Leid geschieht.“

„Der Graf hat dich belogen. Er hält die Dorfbewohner, die du beschützen sollst, gegen ihren Willen hier fest.“

„Golina, bist du gegen deinen Willen hier?“

„Nein“, sagt Golina.

„Aber ich!“, ruft Primo verzweifelt. „Ich werde gegen meinen Willen hier festgehalten!“

„Die Sicherheitszellen dienen nur dem Schutz der Insassen“, erklärt Asimov. „Da drin kann dir nichts passieren.“

„Ich will aber nicht da drin eingesperrt sein.“

„In diesem Fall steht dein Wille gegen die ausdrückliche Anweisung meines Herrn. Da ihr mich an ihn verkauft habt, steht sein Wille nun über deinem. Und jetzt geh wieder in deine Zelle!“

„Ha!“, sagt Primo. „Versuch doch, mich dazu zu zwingen! Dazu müsstest du mich verletzten, und das kannst du nicht.“

„Du hast recht, ich hole wohl besser Hilfe.“ Er läuft aus dem Raum und ruft: „Alarm! Alarm! Allgemeine Schutzverletzung in Sicherheitsbereich zwei! Alarm!“

Primo packt Golina am Arm und zerrt sie aus dem Raum. Ruuna folgt ihm.

Der Ausgang liegt rechts, doch von dort nähern sich Schritte. Da Primo unbewaffnet ist, kann er eine Konfrontation mit den Dienern nicht riskieren. Also rennt er nach links.

„Sie sind da lang gelaufen!“, hört er Asimov rufen.

Er hastet den Gang entlang. Rechts öffnet sich ein Durchgang in einen großen Raum voller Regale, in denen Truhen stehen.

„Schnell, da rein!“ ruft er.

„Warum müssen wir denn in den dunklen Raum?“, fragt Golina.

Primo improvisiert: „Wir spielen verstecken. Wer zuerst gefunden wird, hat verloren.“

„Au ja!“

Primo öffnet aufs Geratewohl eine Kiste. Sie ist leer.

„Schnell, da rein!“, sagt er zu Golina.

Sie springt in die Kiste. Primo schafft es gerade noch, den Deckel zu schließen und sich zusammen mit Ruuna neben dem Durchgang zu verstecken, als drei Diener mit gezogenen Äxten angerannt kommen. Genau vor dem Lagerraum bleiben sie stehen. Mist!

„Sie sitzen in der Falle“, sagt einer der Diener. „Bestimmt haben sie sich hier irgendwo versteckt. Wir müssen uns aufteilen. Ihr beide durchsucht die hinteren Lagerräume. Ich nehme mir diesen hier vor.“

Die anderen laufen weiter, während der eine den Lagerraum betritt, eine Fackel in der einen Hand, eine Axt in der anderen.

Primo springt ihn an und versucht, ihn zu Boden zu reißen. Doch der Diener ist sehr kräftig und widersteht dem Angriff. Primo umklammert ihn von hinten und hält ihm den Mund zu, damit er nicht um Hilfe rufen kann.

„Mmmf!“, macht der Diener. Dann bückt er sich und rollt sich ein, so dass Primo über seine Schulter geschleudert wird, den Halt verliert und auf dem Rücken landet.

Ehe er außer Reichweite kriechen kann, ist der Diener schon mit erhobener Axt über ihm.

„Na warte! Ich werde dich ...“

In diesem Moment fliegt ein Glaskolben durch die Luft und zerplatzt am Boden. Ein übler Gestank breitet sich aus. Primo hält die Luft an, denn er kennt die verheerende Wirkung von Ruunas Stinktrank.

Der Diener jedoch sieht sich erschrocken um und keucht: „Was ... oh ... oooh ...“ Er wird ganz grün im Gesicht und fällt in Ohnmacht.

Mit immer noch angehaltenem Atem zerrt Primo den bewusstlosen Diener aus der stinkenden Wolke. Endlich bekommt er wieder Luft. Er zieht dem Diener die Kleidung aus, fesselt und knebelt ihn mit seiner eigenen braunen Robe und wirft ihn in eine der leeren Kisten. Dann legt er die Dienerkleidung an. Mit ein bisschen Glück werden die anderen Bediensteten des Grafen denken, dass er einer von ihnen ist. So kann er sich unbemerkt im Haus umsehen und herausfinden, wo Nano und die anderen Dorfbewohner sind.

Draußen hört er Schritte. Die anderen beiden Diener kommen zurück.

„Pssst!“, macht Primo zu Ruuna, die sich immer noch neben dem Eingang versteckt hält.

Er tritt aus dem Raum. „Schnell!“, röchelt er. „Sie sind da lang! Ich glaube, sie sind aus dem Haus geflohen!“

Die beiden sehen ihn misstrauisch an. „Was ist mit deiner Stimme passiert?“, fragt einer der beiden. „Und wieso bist du so blass?“

„Die Hexe hat einen Stinkrank nach mir geworfen“, behauptet Primo. „Mir wurde schlecht, und ich konnte nicht verhindern, dass sie abhauen.“

„Was ist mit der Geliebten des Herrn?“

Primo zuckt innerlich zusammen, doch er darf sich nichts anmerken lassen. „Sie haben sie mitgenommen. Steht nicht rum und quatscht, fangt sie lieber ein! Ihr wisst ja, was der Herr mit uns macht, wenn sie entwischen!"

Die erschrockenen Gesichter der beiden Diener zeigen Primo, dass er mit seiner Vermutung richtig lag.

„Was ist mit dir?", fragt einer der beiden.

Primo fasst sich an den Hals und tut so, als sei ihm speiübel, was ihm nicht schwerfällt, denn der fürchterliche Gestank liegt immer noch in der Luft.

„Ich ... ich komme gleich nach, sobald ich mich etwas erholt habe. Nun macht schon, beeilt euch!"

Die beiden Diener rennen den Gang entlang.

„Danke, Ruuna!", sagt Primo. „Aber die beiden kommen bestimmt bald zurück. Wir müssen euch aus dem Haus schaffen."

Er öffnet die Kiste, in der sich Golina versteckt hat.

„Och, Mist!", ruft sie, während sie aus der Kiste steigt. „Ich hab verloren! Ich ... Igitt, was ... was ist das für ein Gestank?" Sie fasst sich an den Hals. „Oh, mir wird so komisch ..."

„Ich hab eine Idee!", sagt Ruuna. Sie holt einen weiteren Stinkrank aus ihrem Gewand und entkorkt die Flasche. „Hier, Golina, riech mal daran, dann geht es dir besser!"

Golina schnüffelt an dem Glaskolben. Augenblicklich wird sie ganz grün im Gesicht, krümmt sich zusammen und erbricht sich auf den Boden.

„Na toll!“, ruft Primo. „Was soll das denn?“

„Was ... wo bin ich?“, stöhnt Golina in diesem Moment. „Primo? Ruuna? Was ... was ist passiert?“

„Du hast deine Erinnerungen zurück“, ruft Primo aus. „Notch sei Dank!“

„Ich ... ich erinnere mich an die Führung durch das Haus ... der Graf hat eine Rede gehalten, und wir haben etwas getrunken ... mir wurde schwindelig, und dann ... dann habe ich geträumt, glaube ich ... Oder war das etwa kein Traum? Du warst wirklich in der Zelle eingesperrt ...“

„Wo sind die anderen? Wo ist Nano?“

„Als ich aufwachte, lag er neben mir im Bett. Aber ich ... ich wusste nicht, wer er war ... Ich habe meinen eigenen Sohn nicht mehr erkannt!“

Tränen treten in Golinas Augen. Primo nimmt sie in den Arm, um sie zu trösten.

„Golina, hör mir genau zu! Wir müssen die anderen befreien. Aber dazu musst du ...“ Er erklärt ihr kurz seinen Plan.

Golina nickt. „Okay. Ich versuche es.“

„Hier, nehmt jeder einen Stinktrank“, sagt Ruuna und hält jedem eine Glasflasche hin. Golina und Primo stecken sie ein.

„Was ist mit dir?“, fragt Golina.

„Ich spiele ein bisschen verstecken“, sagt Ruuna. „Das macht Spaß. Und wenn mich einer findet, dann hat er verloren!“ Damit klettert sie in eine der Kisten im obersten Fach eines Regals.

„Du zuerst!“, sagt Primo zu Golina. „Viel Glück!“

Sie küsst ihn. „Dir auch viel Glück! Und danke, dass du mich befreit hast. Ich war ja so dumm ...“

Doch es bleibt keine Zeit für Entschuldigungen. Golina verlässt den Lagerraum. Primo wartet eine Weile, dann tritt auch er aus dem Raum und geht den Gang zurück bis zu dem Zellenblock. Von dort dringt ein trauriges Winseln. Offenbar hat einer der Diener Paul in eine Zelle gesperrt. Primo überlegt, ob er den Wolf befreien soll, entscheidet sich aber dagegen. Wenn Paul ihm folgt, fliegt seine Tarnung auf, und in der Zelle ist er erst einmal in Sicherheit.

Gerade, als er den Eingangsraum erreicht, kommen die beiden Diener zurück.

„Habt ihr sie erwischt?“, fragt er.

„Nein“, sagt einer der beiden. „Wir müssen es dem Herrn sagen.“

„Das ist alles deine Schuld!“, sagt der andere. „Du hast sie entwischen lassen!“

„Am besten, du gehst selbst zum Herrn und sagst es ihm“, sagt der erste. „Wir beide suchen hier unten noch mal alles ab.“

„Na gut“, sagt Primo.

„Na gut?“, wundert sich der erste Diener. „Du protestierst nicht? Du versucht nicht, dich herauszureden? Du hast keine Angst vor Strafe?“

„Das bringt doch nichts“, improvisiert Primo. „Ihr kennt doch den Herrn. Wenn man versucht, ihm etwas vorzumachen, wird alles nur noch schlimmer.“

„Da hast du allerdings recht.“ Der Diener klopft ihm anerkennend auf die Schulter. „Ich muss sagen, du hast Mut, Igor!“

Primo antwortet nicht, sondern dreht sich um und geht die Treppe hinauf, als wüsste er genau, wo er hin muss. Oben führt ein Gang nach links und rechts. Aufs Geratewohl geht Primo links herum.

Nach ein paar Schritten knickt der Gang nach links ab. Primo kommt an einem Durchgang vorbei, der zu einem kleinen Raum führt. Darin kniet Magolus und wischt den Boden. Primo ist so verblüfft über diesen Anblick, dass er einen Moment lang wie angewurzelt stehen bleibt. Noch nie zuvor hat er den Dorfpriester arbeiten sehen!

„Magolus!“, ruft er.

Der Priester richtet sich auf und dreht sich um.

„Ja, werter Herr?“

„Wo ist Nano?“

„Welcher Nano?“

Mein Sohn, hätte Primo fast gesagt. Gerade noch rechtzeitig besinnt er sich auf die Rolle, die er spielt.

„Der Junge.“

„Ich ... ich erinnere mich nicht ...“

„Hier, riech mal daran!“ Primo hält ihm den Stinktrank hin.

„Was ist das?“, fragt Magolus misstrauisch.

„Frag nicht, riech einfach daran!“

„Aber ich hab jetzt keine Zeit für sowas. Ich muss diesen Raum saubermachen. Der Herr will es.“

Er kniet sich wieder hin und fährt fort, den Boden zu wischen.

Primo legt alle Autorität in seine Stimme, zu der er fähig ist. „Magolus, der Herr hat gesagt, du sollst sofort an diesem Glaskolben riechen!“

„Na gut, wenn es der Wunsch des Herrn ist ...“

Magolus steht auf und riecht an der Glasflasche. Augenblicklich wird ihm schlecht, und er übergibt sich.

„Oh nein!“, ruft er aus. „Jetzt kann ich noch mal von vorn anfangen!“

„Magolus?“, fragt Primo. „Weißt du, wer ich bin?“

„Was? Wie? Natürlich weiß ich, wer du bist, Primo! Aber ... aber wieso hast du so seltsame Kleidung an? Und warum bin ich in diesem Raum? Was mache ich hier eigentlich?“

Primo erklärt ihm, was geschehen ist.

„Was? Ich musste diesen Raum putzen? Ich, der Oberste Hohepriester von Allen? Ich werde sofort zu diesem hinterhältigen Grafen gehen und ihm mal ordentlich die Meinung sagen! Ich werde ...“

„Nein, Magolus, das wirst du nicht!“ Primo erklärt ihm, was er vorhat.

„Und du erwartest jetzt ernsthaft von mir, dass ich hier weiter putze und diesen ... diesen Fleck da wegmache?“, fragt Magolus angewidert.

„Willst du etwa lieber für immer hierbleiben und Diener des Grafen sein?“

Magolus wird blass. „Nein ... Von mir aus, ein wenig körperliche Arbeit wird mir vielleicht gut tun.“ Er kniet sich wieder hin und fährt damit fort, den Boden zu wischen.

Primo lässt ihn allein und setzt seinen Weg fort. Als nächstes kommt er an einer Bibliothek vorbei. Dort sind Margi, Nimrod und Lausius damit beschäftigt, Bücher einzuräumen. Dabei werden sie von einem der Diener beaufsichtigt.

Wieder muss sich Primo auf sein Improvisationstalent verlassen. „Der Herr hat gesagt, du sollst sofort zu ihm kommen!“, behauptet er.

„Hat er das?“, fragt der Diener misstrauisch. „Komisch, gerade eben erst hat er mir gesagt, ich soll aufpassen, dass diese drei Typen hier nicht alles durcheinander bringen.“

„Dann hat er seine Meinung eben geändert.“ Als der Diener ihn skeptisch anschaut, fügt er rasch hinzu: „Du kennst doch den Herrn!“

„Und wo ist der Herr jetzt?“

Primo kommt ins Schwitzen.

„Na ja, wo soll er schon sein?“

„Das würde ich gerne von dir wissen!“

Primo erinnert sich, dass das Haus noch ein oberes Stockwerk hat. „Er ist oben!“, sagt er.

„Wo, oben? Geht es nicht ein bisschen genauer?“

„Woher soll ich denn wissen, wo er jetzt ist? Geh halt nach oben und such ihn!“

Die Augen des Dieners verengen sich vor Misstrauen. „Wo genau war er denn, als er dir gesagt hat, dass du mich holen sollst?“

Primo tastet in seiner Dienerjacke nach dem Stinktrank. Wenn seine Tarnung auffliegt, bleibt ihm nichts anderes übrig, als den Trank zu werfen. Doch damit wäre sein Plan gescheitert.

„Er ist mir auf dem Gang entgegengekommen“, improvisiert er weiter. „Ich an deiner Stelle würde mich jetzt ein bisschen beeilen. Du weißt ja, dass der Herr nicht gerne wartet.“

Der Diener mustert ihn einen Moment lang skeptisch. „Na gut“, sagt er schließlich. „Bleib du hier und pass auf, dass die Neuen keinen Unsinn machen.“

Damit verlässt er den Raum, und Primo atmet erleichtert auf.

„Was machst du hier?“ Der Diener sieht Golina mit kritischer Miene an. „Ich dachte, Igor hätte dich in den Wald geschickt, um Pilze zu suchen.“

„Das stimmt.“ Golina senkt den Kopf und bemüht sich um eine unterwürfige Stimme. „Aber ich konnte keine finden. Da war nur ein ganz großer, aber ich war nicht stark genug, um ihn zu pflücken.“

„Du dummes Huhn!“, regt sich der Diener auf. „Du sollst normale Pilze sammeln, keine Riesenpilze! Ts, wie kann man nur so dämlich sein! Wo ist denn Igor?“

„Ich ... ich weiß es nicht, werter Herr. Ich bin hergekommen, um ihn zu suchen und ihm zu sagen, dass ich keine Pilze gefunden habe.“

„Da wird er aber nicht begeistert sein.“ Der Diener läuft kopfschüttelnd weiter.

Erleichtert geht Golina weiter den Gang im ersten Stock des großen Hauses entlang. Ihr Kopf tut weh und ihr ist immer noch übel, doch sie versucht, sich nichts anmerken zu lassen. Sie kommt an einem Raum vorbei, in dem Magolus auf Knien den Boden wischt. In einer Bibliothek sieht sie Margi, die zusammen mit ihrem Vater und dem alten Lausius Bücher herumträgt, während einer der Diener sie misstrauisch beäugt.

Golina unterdrückt den Impuls, ihrer Freundin zuzuwinken. Als sich ihr Blick zufällig trifft, wendet sich

Margi ohne Reaktion ab, so als kenne sie Golina gar nicht.

Die Wut in ihrem Bauch fühlt sich an wie ein glühendes Stück Kohle. Sie ist wütend auf den Grafen, der sie in diese Falle gelockt und sie mit seinem Zaubertrank willenlos gemacht hat. Aber noch viel wütender ist sie auf sich selbst. Wie konnte sie nur auf diesen Betrüger hereinfallen? Wie konnte sie sich nur von seinen Smaragden und seinen höflichen Umgangsformen derart blenden lassen? Wenn Primo sie nicht erlöst hätte, wäre sie vielleicht für immer seine Dienerin geblieben. Eine schreckliche Vorstellung!

Endlich erreicht sie das Zimmer, in dem sie die Nacht verbracht hat. Nano ist nicht mehr dort. Doch als sie das Schlafzimmer verlässt, hört sie plötzlich seine Stimme. Zusammen mit Maffi sagt er in gleichförmigem Tonfall:

„... stimmt immer. Der Herr ist klug, weise und gerecht. Was er sagt, stimmt immer. Der Herr ist ..."

Golina folgt den Stimmen zu einem kleinen Raum, in dem Nano und Maffi gegenüber einem Diener an einem Tisch sitzen.

„Sehr gut", sagt der Diener gerade. „Und weil der Herr so klug, weise und gerecht ist, müssen wir seinen Anweisungen stets Folge leisten. Das versteht ihr doch, oder? Na, macht ja nichts. Sprecht mir einfach nach: Wir müssen immer tun, was der Herr sagt."

„Wir müssen immer tun, was der Herr sagt“, plappern Nano und Maffi nach. „Wir müssen immer tun, was der Herr sagt. Wir müssen immer ...“

Golina muss sich sehr zusammennehmen, um den Diener nicht anzugreifen. Sie könnte ihn mit bloßen Händen in Stücke reißen, so wütend ist sie. Doch sie hat eine wichtige Aufgabe zu erfüllen, die Primo ihr aufgetragen hat. Also geht sie weiter, als interessiere es sie überhaupt nicht, was in dem kleinen Raum passiert.

Gegenüber befindet sich der große Saal, in dem gestern Abend der Empfang stattfand. Jetzt ist er leer. Am Ende des Ganges liegen eine weitere Bibliothek und ein Raum mit einem großen Tisch und einigen Bücherregalen. In der Bibliothek entdeckt sie Porgo und ihre Mutter, die gerade dabei sind, Bücher aus einer großen Kiste in die Regale zu räumen.

Golina tritt ein. „Hallo, Mama!“

Ihre Mutter dreht sich zu ihr um. „Wie bitte? Wer seid Ihr, und wieso redet ihr mich so an?“

„Der Herr wünscht, dass ihr an dieser Flasche riecht“, sagt Golina und hält ihr und Porgo den Stinktrank unter die Nase.

Augenblicklich übergeben sich die beiden.

„Oh Gott, das riecht ja fürchterlich!“, stöhnt ihre Mutter. „Was fällt dir ein, mir so ein Zeug ...“ Sie stockt, als sie merkt, wo sie sich befindet. Ihre Augen werden groß. „Was ... was ist passiert?“

Rasch erzählt Golina den beiden von Primos Plan. „Wo sind die anderen?“, fragt sie. „Habt ihr zum Beispiel Kolle gesehen? Oder Willert?“

„Ich ... ich erinnere mich nicht“, sagt ihre Mutter. „Bei Notch, es ist schrecklich ... was hat dieser Schuft nur mit uns gemacht?“

„Tut so, als wärt ihr immer noch willenlos. Ich werde die anderen suchen.“

„Viel Glück, meine Tochter! Ich bin sehr stolz auf dich!“

Golina verlässt die Bibliothek und geht den Gang zurück. Als sie an der zweiten Bibliothek vorbeikommt, in der Margi, Lausius und Nimrod Bücher sortieren, erblickt sie Primo, der mit dem Diener spricht. Sie geht weiter, ohne sich etwas anmerken zu lassen.

Auf der anderen Seite der Treppe kommt sie an einem Raum vorbei, in dem Birta an einem Tisch sitzt, ein Stück Stoff vor sich.

„Hallo Birta.“

„Hallo, äh ... kenne ich Euch?“

Golina ignoriert die Frage. „Was machst du da?“

„Ich nähe Dieneruniformen. Ich freue mich schon so darauf, eine anziehen zu dürfen!“

Sie grinst dümmlich, während Golina ein eisiger Schauer über den Rücken läuft. Wenn Primos Plan misslingt, werden sie bald alle in Dieneruniformen herumlaufen!

„Hier, riech mal!“

Kurz darauf ist auch Birta wieder bei Verstand. Als sie hört, dass Magolus den Fußboden schrubbt, macht sie erst ein erschrockenes Gesicht, dann grinst sie. Golina ermahnt sie, mit dem Nähen weiterzumachen und so zu tun, als sei sie immer noch unter dem Bann des Zaubertranks.

Nachdem sie an einem leeren Raum und an der Treppe, die ins Obergeschoss führt, vorbeikommt, erreicht sie am Ende des Ganges eine dritte Bibliothek. Als sie sich nähert, hört sie einen Streit:

„Die Kiste kommt hierher!“

„So ein Quatsch! Bring sie sofort wieder zurück!“

„Nein! Bring sie hierher!“

In der Bibliothek stehen Kaus, Olum und Kolle, der eine große Kiste trägt.

„Aber der Herr hat gesagt, wir sollen die Bücher nach Themen ordnen“, sagt Kaus. „Und Bücher über den Getreideanbau gehören nun mal nicht zu Büchern über das Schmiedehandwerk, sondern zum Thema Ernährung.“

„Aber zum Getreideanbau braucht man eine Hacke, und die wird in einer Schmiede hergestellt“, widerspricht Olum. „Und außerdem ist Bauer ein Beruf, genau wie Schmied, also gehört beides zusammen.“

Während sie streiten, steht Kolle zwischen den beiden, die schwere Kiste auf den Armen, und guckt verwirrt mal hierhin, mal dorthin.

„Du hast ja überhaupt keine Ahnung vom Getreideanbau!", sagt Kaus.

„Du auch nicht!", behauptet Olum.

Kaus runzelt die Stirn, als sei er sich nicht sicher, ob Olums Behauptung stimmt. Offenbar hat er vergessen, dass er ein Bauer ist.

Golina geht zu Kolle. „Mach mal die Kiste auf!"

„Warum sollte ich das tun?", fragt Kolle. „Wer seid Ihr überhaupt?"

„Der Herr will es!"

„Na gut." Kolle stellt die Kiste keuchend auf den Boden und klappt sie auf. Sie ist voller Bücher.

„He, was mischt Ihr Euch hier ein?", ruft Olum. „Ihr bringt ja alles durcheinander!"

„Hier, riech mal!", sagt Golina.

Nachdem auch die drei von der Wirkung des Zaubertranks befreit sind, verlässt Golina die Bibliothek. Sie hat nun alle Räume im ersten Stock durchsucht, aber nicht gefunden, worum Primo sie gebeten hat. Also bleibt ihr nichts anderes übrig, als in das obere Stockwerk zu gehen.

Ihre Knie zittern, als sie die Treppe hinaufsteigt. Oben blickt sie sich nervös um. Niemand ist auf dem Flur zu sehen, doch aus einem der Räume hört sie Stimmen. Leise nähert sie sich, bleibt neben dem Durchgang stehen und blickt vorsichtig hinein. Es ist der Raum mit dem großen Tisch, in dem sie dem Grafen das letzte Mal begegnete. Wie Golina jetzt erkennt, handelt es sich bei dem unregelmäßigen Muster auf der Tischoberfläche um eine Landkarte, über die sich der Graf mit einem seiner Diener beugt.

„Hier, in diesem Dorf waren wir noch nicht“, sagt der Graf gerade und zeigt auf eine Stelle.

„Meint Ihr nicht, Ihr habt schon genug Bedienstete, Herr?“, fragt der Diener.

„Habe ich dich etwa nach deiner Meinung gefragt?“

„Nein, Herr. Entschuldigt, ich ...“ Der Diener wendet sich ab und erblickt Golina. „Da ist jemand, Herr!“

Der Graf fährt herum. Golina bleibt fast das Herz stehen, als er sie ansieht. Sein Gesicht ist grau und böse, und seine Augen sind blutunterlaufen. Sie kann überhaupt nicht verstehen, wie sie ihn jemals hat nett oder gutaussehend finden können. Doch sie bemüht sich, ihre wahren Gefühle zu verbergen, und lächelt.

„Herr!“, ruft sie aus. „Wie schön, Euch zu sehen!“

„Was machst du hier?“, fragt der Graf barsch. „Was ist passiert?“

„Ich war im Wald, Pilze suchen, wie Igor es mir aufgetragen hatte, Herr. Aber der einzige Pilz, den ich gefunden habe, war sehr groß, und ich war zu schwach, um ihn zu pflücken ...“

„Das meine ich nicht!“, unterbricht sie der Graf. Er kommt auf sie zu, bis er dicht vor ihr steht. „Erzähl mir von dem Ausbruch der Gefangenen!“

„Was für ein Ausbruch? Ich weiß nicht, was Ihr meint, Herr!“

„Ein Diener hat mir erzählt, dass du mit Primo davongerannt bist.“

Golina hofft, dass der Graf ihre Angst nicht bemerkt. „Primo? Wer ist das?“

Der böse Hausherr mustert sie mit seinem durchdringenden Blick, als versuche er, ihre Gedanken zu lesen. „Wo ist der Mann, mit dem du weggelaufen bist, jetzt?“

„Das weiß ich nicht, Herr. Er hat mich hinter sich her gezerrt, in einen dunklen Raum voller Kisten. Dann kam ein Diener herein, Igor, glaube ich, und sie haben gekämpft. Da war eine Frau mit einem großen Hut. Der Mann und die Frau sind weggelaufen, und Igor ist ihnen nachgerannt. Ich bin dann hierher gekommen, um Euch zu suchen und Euch zu sagen, dass ich keine Pilze gefunden habe.“

„Wie ist der Mann aus seiner Zelle entkommen?“

Golina senkt den Blick. „Ich dachte, es wäre ein Spiel, Herr.“

„Was für ein Spiel?“

„‚Lass mich raus, lass mich rein‘. So hat es Ru... ich meine, die Frau mit dem Hut genannt. Ich musste nur an dem Hebel neben der Eisentür ziehen, und schon hatte ich gewonnen.“ Sie blickt den Grafen an und grinst dümmlich.

Seine Miene verfinstert sich. „Weißt du eigentlich, was du getan hast, du dummes Huhn?“, schreit er. „Oh, womit habe ich nur solche Trottel verdient! Du bist zwar hübsch, aber in deinem Kastenschädel ist nichts als Leere! Ich sollte dich zur Strafe einsperren lassen!“

Golina kann nicht verhindern, dass Tränen der Wut in ihre Augen schießen, doch der Graf missversteht das zum Glück. Er lächelt böse.

„Oh, habe ich dich erschreckt? Mach dir nichts draus. Ich will mal nicht so sein, du kannst ja schließlich nichts dafür, dass du blöd bist. Und jetzt geh und such Igor, ich habe zu tun!“ Damit wendet er sich wieder dem Kartentisch zu.

Golina atmet erleichtert auf. Sie geht weiter den Gang entlang. Der nächste Raum ist ein großes Schlafzimmer. An der Rückwand befinden sich zwei kleine Kammern mit Türen. Eine schwarze Robe mit goldenem Saum liegt auf dem Bett. Dies muss das Schlafzimmer des Grafen sein.

Rasch öffnet sie die Türen zu den kleinen Kammern, doch zu ihrer Enttäuschung sind sie leer. Gerade, als sie den Raum wieder verlassen will, hört sie draußen Schritte. Wenn der Graf sie hier in seinem Schlafzimmer entdeckt, wird er bestimmt misstrauisch, und alles ist verloren!

Neben dem Durchgang ist eine Leiter, die zu einer Empore hinaufführt. So leise wie möglich klettert

Golina hinauf - keine Sekunde zu früh, denn im nächsten Moment betritt der Hausherr den Raum. Von oben sieht Golina, wie er sich misstrauisch umsieht. Eine Zeitlang steht er still, als lausche er. Sie hält den Atem an.

Endlich verlässt der Graf das Schlafzimmer wieder, und Golina kann ein weiteres Mal erleichtert aufatmen. Erst jetzt bemerkt sie, dass auf der Empore ein Bett und eine Kiste stehen. Als sie leise den Deckel öffnet, macht ihr Herz vor Freude einen Sprung: Endlich hat sie gefunden, was sie suchte!

„Hier, riech mal daran!“, sagt Primo und hält Margi die Flasche mit dem Stinktrank hin. „Ach ja, äh, der Herr will es und so!“

„Wenn das so ist ... Igitt! Oh, mir wird übel ...“

Nachdem sich Margi, Nimrod und der alte Lausius auf den Boden der Bibliothek übergeben haben und wieder klar im Kopf sind, verlässt Primo den Raum auf der Suche nach weiteren Dorfbewohnern, die er vom Bann des Zaubertranks befreien kann. Doch wie er feststellt, war Golina schneller: Sein Vater, ihre Mutter, Olum, Kaus, Kolle und sogar Birta zwinkern ihm zu, als er ihnen begegnet – das vereinbarte Erkennungszeichen aller Dorfbewohner, die nicht mehr willenlos sind.

Als er gerade in den obersten Stock gehen will, um dort nach weiteren seiner Freunde zu suchen, kommt ihm ein Diener entgegen.

„He, du, alle Diener sollen sofort in den großen Besprechungsraum kommen. Das gilt auch für die Neuen. Geh und hol sie!“

„Wer gibt dir denn das recht, mich so rumzukommandieren?“, fragt Primo.

„Der Herr hat es befohlen. Willst du ihm etwa widersprechen?“

„Äh, nein.“

„Dann geh gefälligst da lang und sammle diese Bekloppten aus dem Dorf am Rand der Schlucht ein!“

Primo unterdrückt den Drang, dem frechen Diener eine Ohrfeige zu verpassen, und sagt stattdessen: „Gut, mach ich.“

Er geht zurück zu dem Raum, in dem Olum und Kaus so tun, als stritten sie sich immer noch darüber, in welches Regal die Bücher in der Kiste geräumt werden sollen. Oder vielleicht streiten sie auch wirklich noch, bei den beiden kann man nie wissen.

Olum jedenfalls klingt sehr überzeugend, als er ruft: „Das darf doch nicht wahr sein! Bist du so blöd, oder tust du nur so?“

„Jetzt reicht's mir aber!“, poltert Kaus. „Wenn du nicht sofort ...“

„He, ihr da, alle sofort mitkommen!“, ruft Primo und zwinkert den dreien zu. „Der Herr will es!“

„Wie jetzt?“, fragt Kaus. „Meint er das ernst, oder tut er nur so?“

„Er tut nur so. Hast du nicht gesehen, dass er gezwinkert hat? Du bist wirklich dumm!“

„Ich geb dir gleich ...“

„Schluss jetzt! Ihr kommt sofort mit, oder, äh, ihr werdet den Zorn des Herrn spüren!“, ruft Primo verzweifelt, denn der andere Diener beobachtet ihn immer noch mit misstrauischem Blick.

„Wir tun besser, was er sagt, sonst wird der Herr noch böse“, sagt Kolle.

„Aber …“, beginnt Kaus, doch Kolle wirft ihm einen so zornigen Blick zu, dass er verstummt.

Die drei folgen Primo. Unterwegs lesen sie noch Birta auf. Bald sind alle in dem großen Raum mit dem langen Tisch versammelt, in dem gestern Abend ein Festmahl angerichtet war, das nie stattfand. Sogar Asimov steht reglos in der Ecke. Nur Golina und Runa fehlen.

„Wo ist die Hübsche?“, fragt der Graf ungeduldig.

„Ich weiß nicht, Herr!“, antwortet einer der Diener. „Wir haben sie überall gesucht!“

„Warum nur bin ich von lauter Trotteln und Nichtsnutzen umgeben?“, sagt der Graf und hebt die Hände zum Himmel. „Na, egal, wir werden sie schon noch finden.“ Er blickt sich mit finsterer Miene im Raum um. „Ich habe euch hierher befohlen, weil ich das Gefühl habe, dass hier etwas nicht mit rechten Dingen zugeht.“

Einen Moment lang herrscht Stille. Primo wird flau im Magen.

„Merkwürdige Ereignisse geschehen in diesem Haus“, fährt der Graf fort. „Gefangene entwischen, Befehle werden nicht ausgeführt, ein seltsamer Gestank liegt in der Luft, meine Bediensteten stellen sich noch dümmer an als sonst, und das will etwas heißen, und jetzt verschwindet auch noch eine Sklavin spurlos, die so dumm ist wie ein vertrocknetes

Stück Brot. Irgendetwas stimmt hier nicht, das spüre ich. Aber jetzt kommt die Stunde der Wahrheit!"

Sein Blick schweift über die Versammelten, und wen er trifft, der zuckt unwillkürlich zusammen. Schließlich sieht er Primo an.

„Es würde mich nicht wundern, wenn jemand hier in diesem Raum versucht, mir etwas vorzumachen!", sagt er.

Primo spürt, wie ihm der Schweiß auf die Stirn tritt, doch er hält dem bohrenden Blick stand. Endlich wendet sich der Graf von ihm ab.

„Ich werde schon herauskriegen, wer hier ein falsches Spiel spielt, und dann wird es ihm schlecht ergehen!", donnert er. „Ihr habt eine letzte Chance, mir zu sagen, was los ist. Derjenige, der mir den Verräter nennt, wird mit der Freiheit belohnt und erhält außerdem zehn Smaragde. Wenn sich jedoch niemand meldet, werdet ihr alle gemeinsam hart bestraft!"

Primo zuckt zusammen. Sorgenvoll sieht er in die Gesichter der anderen Dorfbewohner. Bendo, Willert, Hakun, Delphina und Jarga blicken sich verwirrt und ängstlich um – sie scheinen immer noch unter dem Einfluss des Zaubertranks zu stehen, ebenso wie die beiden Kinder. Porgo, Kolle, Margi, Nimrod und der alte Lausius machen ernste Mienen. Magolus und Birta sehen sich gegenseitig an. Kaus und Olum runzeln die Stirn, als überlegten sie, ob die versprochene

Belohnung es wert wäre, Primo zu verraten. Doch niemand sagt etwas.

In die Stille platzt die metallische Stimme des Golems: „Was genau geschieht denn mit dem Verräter? Wird ihm etwa ein Leid zu gefügt?"

„Und ob ihm ein Leid zu gefügt wird!", zischt der Graf. „Er wird die schlimmsten Qualen erleiden, und wenn er glaubt, schlimmer geht es nicht mehr, dann fange ich erst richtig an!"

„Dann kann ich leider keine sachdienlichen Angaben machen."

„WAS? Weißt du etwa, wer der Verräter ist?"

„Ja."

„Dann sag es mir gefälligst!"

„Das ist leider nicht möglich, da in diesem Fall dem Verräter durch meine Schuld Schaden zugefügt würde."

„Du unnützer Blechklotz!", schimpft der Graf.

„Ich weiß, ich weiß", erwidert Asimov. „Meine alten Besitzer haben das auch immer gesagt. Dabei hatte ich gehofft, du wärst ein bisschen vernünftiger. Aber ich habe mich wohl getäuscht. Ist ja auch egal, es hat ja doch alles keinen Sinn ..."

„Der da ist der Verräter!", ruft Birta plötzlich.

Primo zuckt zusammen und schließt die Augen.

„He, das stimmt nicht!", ruft jemand. „Ich bin es nicht! Ehrlich, Herr, ich bin kein Verräter!"

Als Primo die Augen öffnet, sieht er, wie die Diener einen der ihren packen, der sich verzweifelt wehrt und seine Unschuld beteuert. Birta grinst und zwinkert Primo verschwörerisch zu.

„He, du da!“, sagt der Graf und zeigt auf die Priestergehilfin. „Hast du etwa gerade gezwinkert?“

„Ich?“, fragt Birta und setzt eine Unschuldsmiene auf. „Nein, Herr. Wie kommt Ihr darauf?“

„Willst du etwa behaupten, ich lüge?“

„Nein, Herr.“

„Wieso sagst du dann, du hast nicht gezwinkert?“

„Weil ich ... weil ich nicht gezwinkert habe, Herr.“

„Aber ich habe es genau gesehen!“ Er wendet sich an einen der anderen Diener. „Hat sie gezwinkert oder nicht?“

„Sie hat gezwinkert, Herr!“

„Ha! Wusst' ich's doch! Warum sagst du, du hast nicht gezwinkert, obwohl du gezwinkert hast?“

„Ich ... äh ...“, druckst Birta herum.

„Sie hat nicht gewusst, dass sie zwinkert, Herr“, kommt ihr Magolus zu Hilfe. „Sie leidet unter nervösen Zuckungen im Auge. Die hat sie schon immer gehabt, seit sie meine Priestergehilfin ist.“

„Ach ja? Und woher weißt du das? Erinnerst du dich etwa an deine Vergangenheit?“

„Was? Ich? Nein, Herr ... ich meine, ich bin nicht sicher ...“ Er blickt Primo hilfesuchend an. „Bei Notch, Primo, sag du doch auch mal was!“

Der Graf fährt herum. Erkennen spiegelt sich in seinem Gesicht, als er mit dem Finger zeigt. „PRIMO!", brüllt er. „Er hat Igors Uniform gestohlen! Ergreift ihn!"

Die Diener stürzen sich von allen Seiten auf Primo, der nicht einmal mehr die Zeit hat, die Axt hervorzuholen, die er Igor abgenommen hat.

„Lasst sofort meinen Mann in Ruhe!", erklingt Golinas wütende Stimme vom Eingang her.

Alle sehen sich überrascht um. Primo klappt die Kinnlade herunter. Da steht sie, seine Golina, in einer funkelnden Diamantrüstung, das Flammenschwert in der Hand. Noch nie hat er einen so beeindruckenden und wunderschönen Anblick gesehen.

„Auf ihn!", brüllt Primo. „Schnappt Euch den Grafen! Schnell, ehe er zaubert!"

Primos Vater und Kolle, der inzwischen seine Nachtwandlergestalt angenommen hat, versuchen, den Grafen zu erreichen. Doch die Diener schützen ihren Herrn mit Äxten, während dieser Beschwörungsformeln murmelt. Dann schießen plötzlich überall hölzerne Fangzähne aus dem Boden, und im nächsten Moment wirbeln fliegende Geister mit Schwertern durch die Luft.

Ein Tumult entsteht. Während Golina mit dem Flammenschwert die Plagegeister abwehrt, prügelt sich Kolle mit einem halben Dutzend Diener. Porgo ringt mit zwei weiteren Bediensteten, ein dritter hält

Primo von hinten umklammert, so dass dieser nicht in den Kampf eingreifen kann. Die anderen Dorfbewohner, ob willenlos oder nicht, laufen in Panik durcheinander.

„Das ist ja wieder mal typisch!“, erklingt Ruunas Stimme vom Eingang des Raums her. „Ihr veranstaltet eine Party, und keiner sagt mir Bescheid!“

„Ruuna, wirf einen Stinktrank! Schnell!“, ruft Primo.

Im nächsten Moment breitet sich eine giftgrüne, stinkende Wolke im Raum aus. Überall sind röchelnde Laute zu hören, als sich Diener und Dorfbewohner gleichermaßen übergeben. Primo versucht, die Luft anzuhalten, doch irgendwann muss auch er einen Atemzug tun, und ihm wird schwarz vor Augen.

15. Spurlos verschwunden

Langsam kommt Primo wieder zu sich. Bei Notch, ihm war noch nie so übel! Ruunas Stinktrank riecht wirklich grauenhaft.

„Kann ... kann mal bitte jemand ein Fenster öffnen?", fragt er.

Kolle schlägt kurzerhand mit der Axt eines Dieners eines der großen Glasfenster ein. Er ist immer noch ganz grün im Gesicht, ob vor Wut oder vor Übelkeit, lässt sich nicht feststellen.

Langsam verzieht sich der Gestank. Stöhnend rappeln sich nun auch die anderen auf.

„Wo bin ich?", fragt Willert und sieht sich verwundert um. „Was ... was ist geschehen?"

Auch die Diener kommen wieder zu sich. Primo bereitet sich darauf vor, dass der Kampf weitergeht, doch die Männer in den dunklen Jacken mit den goldenen Knöpfen schauen genauso verwirrt drein wie die Dorfbewohner.

„Habe ... habe ich schlecht geträumt?", fragt einer von ihnen und sieht sich um. Als er begreift, dass es kein Traum war, wird er kreidebleich. „Bei Notch ... was habe ich getan ..."

„Du kannst nichts dafür", sagt Primo. „Du standst unter dem Einfluss eines Zaubers. Der Graf hat dich willenlos gemacht, so dass du tun musstest, was er sagt. Wo ist er eigentlich?"

Primo sieht sich um, doch der Übeltäter ist nirgends zu sehen.

„Er ist da raus!“, sagt Asimov und zeigt auf den Ausgang. „Ihr werdet ihm doch nichts antun, oder?“

„Los, hinterher!“, ruft Primo, doch niemand folgt seiner Aufforderung, denn alle sind noch viel zu wackelig auf den Beinen. Auch Primo selbst kann kaum stehen, geschweige denn rennen.

Er wankt zu Golina, die mit grünem Gesicht in einer Ecke liegt.

„Du ... du hast meine Ausrüstung gefunden!“, sagt er.

„Nimm sie“, sagt sie schwach und hält ihm das Flammenschwert hin.

„Nein“, widerspricht er. „Sie, äh, steht dir viel besser als mir!“

Golina lächelt. „Dankeschön. Aber der Dorfbeschützer bist du, nicht ich. Mir ... ist das auf die Dauer zu anstrengend.“

„Ein toller Dorfbeschützer bin ich“, erwidert Primo selbstkritisch. „Beinahe wären wir alle zu willenlosen Dienern des Grafen geworden!“

„Ohne dich wäre es ganz bestimmt so gekommen.“

„Nein. Ruuna ist diejenige, die uns gerettet hat. Wo ist sie?“

„Ich weiß nicht ...“

In diesem Moment kommt die Hexe in den Raum zurück. Sie humpelt stark.

„So ein gemeiner Spielverderber!“, ruft sie. „Er hat mich beiseite geschubst und ist weggelaufen. Ich wollte ihn fangen, aber er hat Greifzähne aus dem Boden gezaubert, und die haben mich ins Bein gebissen. Das ist unfair!“

„Egal“, sagt Primo, „den kriegen wir sowieso nicht mehr. Hauptsache, wir haben alle Dorfbewohner befreit.“

Einer der Diener kommt zu Primo und Ruuna und verbeugt sich vor ihnen. „Wir möchten Euch danken, werte Dame und werter Herr. Ihr habt uns aus unserer Knechtschaft befreit. Das werden wir Euch nie vergessen!“

„Wer bist du?“, fragt Primo. „Und woher kommst du?“

„Mein Name ist Boris. Das da sind Karloff, Bela, Lugosi, Christopher und Lee. Wir alle stammen aus einem Dorf im Osten. Sehr, sehr weit im Osten. Vor langer Zeit kam der Mann, der sich Graf nennt, in unser Dorf. Wir nahmen ihn freundlich auf, doch er war ein böser Zauberer und flößte uns einen Trank ein, der uns willenlos machte.“

„Drakulus!“, ruft Primo aus.

„Richtig, so nannte er sich damals. Woher wisst Ihr das?“

„Ich habe es in einem Buch gelesen.“

„Der Graf zwang uns, ein riesiges Haus zu bauen und ihm zu dienen“, fährt Boris fort. „So vergingen

Jahre. Unser Dorf verfiel, denn wir mussten ja alle in seinem großen Anwesen im Wald wohnen. Doch eines Tages kam ein nasenloser Fremder, griff uns an, plünderte die Schätze, die der Graf zusammengerafft hatte, und vertrieb uns aus dem Haus, das wir gebaut hatten. Wir wanderten lange ziellos umher. Wenn wir ein Dorf erreichten, versuchte der Graf jedes Mal, die Dorfbewohner zu umgarnen und ihnen seinen Zaubertrank einzuflößen, doch meistens durchschauten sie ihn rasch und vertrieben uns. So ging es viele Jahre, bis wir schließlich in diese Gegend kamen."

„Also habt ihr hier im Wald ein neues Anwesen gebaut."

„Nein, nicht wir haben das getan. Es waren die Bewohner eines Dorfes in der Nähe, das am Rand der Wüste liegt."

„Die Wüstendorfbewohner haben dieses Haus gebaut?"

„Ja, Herr."

„Nenn mich nicht so! Ich bin kein Herr, ich bin einfach nur Primo. Wo sind die Bewohner des Wüstendorfs jetzt?"

„Das weiß ich nicht, Herr ... ich meine, Primo."

„Er ... er wird sie doch nicht umgebracht haben?"

„Bei dem Herrn ... ich meine, dem Grafen weiß man nie. Aber er verschwendet nicht gern Dinge, die noch nützlich sind. Es ist also gut möglich, dass er sie nicht getötet, sondern irgendwo eingesperrt hat. Vielleicht weiß Igor mehr. Auf ihn hat er sich immer besonders verlassen."

Primo fällt ein, dass der Diener immer noch gefesselt in der Kiste liegt. Rasch geht er in den Lagerraum im Erdgeschoss. Die anderen folgen ihm auf wackeligen Beinen.

Er befreit den ehemaligen Diener von seinen Fesseln und tauscht dessen Uniform wieder gegen seine eigene braune Robe.

„Es tut mir so leid, was ich getan habe, während ich unter dem Bann des Grafen stand", sagt Igor zerknirscht. „Es ... es war, als lebte ich in einem bösen Traum, aus dem ich nicht erwachen konnte."

„Wir suchen die Bewohner des Wüstendorfs, die dieses Haus erbaut haben", sagt Primo. „Weißt du, wo sie sind?"

„Nein", erwidert Igor. „Als das Haus fertig war, begannen wir, die Kisten, die wir die ganze Zeit mit uns herumgeschleppt hatten, auszuräumen. Der Graf hatte im Laufe der Jahre eine Menge Zeug gesammelt, vor allem Bücher. Er hat nie eins gelesen, soweit ich weiß, aber er glaubte wohl, er mache den Eindruck eines gebildeten Mannes, wenn er viele Bücher besäße. Und dann waren die Dorfbewohner auf einmal verschwunden."

„Glaubst du ... er hat sie getötet?" Aus dem Augenwinkel sieht Primo, wie Margi bei diesen Worten zusammenzuckt.

„Nein, das glaube ich nicht", sagt Igor. „Das wäre in seinen Augen Verschwendung gewesen. Er hat andere Menschen immer als seinen Besitz angesehen, so wie seine Bücher."

„Aber wo sind sie dann?"

„Wenn er sie nicht doch umgebracht hat, muss er sie in irgendeinem Versteck eingesperrt haben."

„Aber warum hätte er das tun sollen? Er hätte sie doch einfach zu seinen Dienern machen können, so wie euch."

„Ich denke, das kann ich erklären", erwidert Igor. „Als wir in das Wüstendorf kamen, merkte der Graf, dass die Bewohner naiv waren und seine wahren Absichten nicht durchschauten. ‚Hier sind wir richtig', sagte er zu mir. ‚In dieser Gegend leben nur Trottel!' Tatsächlich gelang es uns, die Dorfbewohner mit ein paar Edelsteinen zu blenden, ihre Gier auszunutzen, sie hierherzulocken und ihnen den Zaubertrank einzuflößen. Ich selbst war es, der die Einladung zu dem angeblichen Festessen überbrachte." Igor senkt den Kopf. „Es tut mir sehr leid, dass ich das getan habe."

„Schon gut", sagt Primo. „Du konntest ja nicht anders. Fahre bitte fort."

„Als die Dorfbewohner hier ankamen und sahen, dass noch gar kein prächtiges Haus existierte, sondern nur eine armselige Hütte, die wir zuvor gebaut hatten, murrten sie. Doch der Graf sagte, dies sei nur das Pförtnerhaus, das wahre Anwesen liege noch tiefer im Wald. Er sei extra hergekommen, um ihnen zur Begrüßung einen Schluck seines kostbarsten Weines anzubieten. Ich musste daraufhin den Zaubertrank ausschenken. Doch eine Dorfbewohnerin - sie hieß Karo, glaube ich - wurde misstrauisch und weigerte sich, davon zu trinken. Wir mussten sie festhalten und ihr den Trank mit Gewalt einflößen. Dann befahl er den Dorfbewohnern, dieses Haus zu bauen, nach den Plänen unseres ursprünglichen Anwesens weit im Osten."

„Dieser gemeine Schuft!", ruft Margi aus.

„Ja, ein gemeiner Schuft ist er", sagt Igor. „Wären wir doch nur auch so misstrauisch gewesen wie diese Karo, als er in unser Dorf kam! Dann wäre das alles nicht passiert."

„Ich verstehe immer noch nicht, warum der Graf die Wüstendorfbewohner versteckt haben soll, als das Anwesen fertig war", wirft Primo ein.

„Ganz einfach: Weil er noch mehr Diener wollte. Er wollte schon immer der Herrscher über die ganze Welt werden. Er besitzt eine magische Karte, die ihm die Lage der Dörfer in der Umgebung anzeigt. Als er sah, dass es ein weiteres Dorf südlich des Wüstendorfs gab, beschloss er, auch dessen Bewohner herzulocken und zu seinen Dienern zu machen."

„Wie, es gibt ein Dorf südlich des Wüstendorfs?", wundert sich Olum. „Das kenne ich ja gar nicht."

„Er meint unser Dorf, du Trottel!“, erklärt Hakun.

„Ach so.“

„Der Graf befürchtete, dass ihr eure Nachbarn wiedererkennen und misstrauisch werden würdet“, fährt Igor fort. „Als er mir das sagte, erwiderte ich: ‚Aber Herr, die Dorfbewohner sind ängstlich, sie verlassen ihre Dörfer nie und wissen wahrscheinlich gar nichts von der Existenz des Wüstendorfs.‘ Doch er entgegnete mir: ‚Wahrscheinlich hast du recht, Igor, aber man kann nie wissen – manchmal gibt es einen Dorfbewohner, der neugierig und wagemutig genug ist, in die Welt hinauszuziehen. Besser, wir gehen kein Risiko ein.‘“

„Und damit hatte er recht“, sagt Margi. „Erst durch Primo und Kolle, die einst ins Wüstendorf kamen, haben wir überhaupt von der Existenz unseres Nachbardorfs am Rand der Schlucht erfahren. Bis dahin hatte Wumpus, unser Priester, immer behauptet, unseres sei das größte Dorf der Welt, und alle anderen würden nur in armseligen Hütten im Wald wohnen. Er hat uns stets davor gewarnt, unser Dorf zu verlassen.“

„Wenn die Dörfer mehr Kontakte untereinander pflegen würden, könnten sie sich gegenseitig vor Gefahren warnen“, stellt Igor fest. „Dann hätten Betrüger wie der Graf keine Chance.“

„Wie auch immer, wir müssen die Bewohner des Wüstendorfs finden und befreien“, ruft Primo. „Wir müssen das ganze Haus durchsuchen. Am besten, wir fangen mit den Lagerräumen an. Vielleicht hat der Graf sie in die Kisten gesperrt."

Doch die Kisten in den Lagerräumen sind leer. Auch in den anderen Räumen des riesigen Hauses finden sie keine Spur der Bewohner des Wüstendorfs. Schließlich versammeln sie sich alle wieder am einzigen Ausgang des großen Anwesens.

„Bestimmt sind sie irgendwo in der Nähe", spekuliert Willert. „In einer Höhle vielleicht."

„Kolle, Willert und ich suchen die Umgebung des Hauses ab", entscheidet Primo. „Ihr anderen bleibt hier, bis wir wiederkommen."

„Kommt nicht infrage!", protestiert Ruuna. „Ich will auch mitkommen!"

„Na gut. Wenn wir sie finden, kannst du mit deinen Stinktränken helfen, sie von der Wirkung des Zaubertranks zu befreien."

Niemand wendet etwas gegen diesen Plan ein. Golina gibt Primo seine Ausrüstung zurück und wünscht ihm Glück. Dann machen sich die vier auf den Weg.

16. Der geheime Raum

Golina blickt Primo und den anderen nach, die rasch im Wald verschwinden. Hoffentlich kommen sie bald zurück! Obwohl sie jetzt, wo der Graf fort ist, in dem großen Haus sicher sind, fühlt sie sich hier unwohl.

Seltsam, vor kurzem noch hat sie davon geträumt, in so einem prachtvollen Haus zu wohnen, doch jetzt sehnt sie sich nach ihrem gemütlichen Heim in dem kleinen Dorf am Rand der Schlucht zurück. Die riesigen Räume mit ihren hohen Decken wirken nicht mehr eindrucksvoll, sondern einschüchternd und bedrohlich auf sie, und die langen, gewundenen Gänge machen es schwer, sich hier zurechtzufinden.

In der Ferne hört sie ein Jaulen und Winseln. Als sie ihm nachgeht, findet sie Paul, der in einer Zelle eingesperrt ist. Sie erinnert sich undeutlich daran, wie sie Primo aus der Zelle befreite. Damals dachte sie, das sei ein lustiges Spiel. Ihr schaudert bei der Erinnerung. Rasch zieht sie den Hebel herunter, so dass sich die Zellentür öffnet. Überglücklich springt ihr der Wolf entgegen und leckt ihr das Gesicht ab.

„Ist ja gut“, sagt Golina und muss lachen. „Lass das, Paul!“

Als sie das erfreute Bellen des Wolfs hören, kommen Nano und Maffi herbeigelaufen. Auch sie werden stürmisch begrüßt. Doch dann knurrt der Wolf plötzlich, als Igor hinter ihnen den Raum betritt.

„Aus, Paul!“, befiehlt Golina. „Das ist nur Igor. Du musst keine Angst mehr vor ihm haben.“

Doch das Nackenfell des Wolfs bleibt gesträubt.

„Vielleicht kann Paul uns dabei helfen, die Wüstendorfbewohner zu suchen“, meint Nano. „Er ist gut darin, Sachen zu finden. Such, Paul!“

Der Wolf schnüffelt am Boden und läuft mit wedelndem Schwanz aus dem Raum. Es sieht aus, als folge er tatsächlich einer Spur. Verwundert geht Golina dem Tier nach, begleitet von Maffi, Nano und Igor. Als die anderen das bemerken, folgen sie den vieren neugierig, so dass die ganze Gruppe der Dorfbewohner hinter dem Wolf herläuft.

Paul schnüffelt mal hier, mal da, während er weiter dem Gang folgt. Schließlich läuft er in einen der Lagerräume und bleibt vor der Kiste stehen, in die Igor eingesperrt war. Dort bellt er.

Golina lacht. „Ich verstehe! Er hat Primo gesucht und ist dem Geruch von Primos Robe bis zu dieser Kiste gefolgt.“

„Wau!“, macht der Wolf zur Bestätigung.

„Such weiter!“, ruft Nano. „Such!“

Paul beginnt wieder zu schnüffeln und läuft aus dem Raum.

„Das hat keinen Sinn, Nano“, erklärt Golina. „Papa ist durch das ganze Haus gelaufen. Paul wird also überall herumschnüffeln. Aber er kann ihn nicht finden, weil Papa draußen im Wald ist.“

„Paul ist ein kluger Wolf", widerspricht Nano. „Vielleicht findet er noch etwas anderes."

Golina ist skeptisch, doch plötzlich hört sie den Wolf knurren und bellen. Sie folgt dem Geräusch und findet Paul, der hinter einer Biegung knurrend und mit gesträubtem Fell vor der Wand steht.

„Aus, Paul!", ruft Golina. „Was soll denn das!"

Doch der Wolf knurrt weiter die Wand an.

„Sieh mal", sagt Margi. „Das sieht fast so aus wie ein Türrahmen."

Sie weist auf eine Vertiefung in der Wand hin, die tatsächlich die Form eines Durchgangs hat. Doch wo eine Öffnung sein müsste, ist nur eine Holzwand zu sehen.

„Was ist hinter dieser Wand?", fragt Golina Igor.

„Ich weiß es nicht. Nur der Graf kennt die vollständigen Pläne des Hauses."

„Hm. Wäre es möglich ... Hat jemand eine Axt?"

„Ja, ich", sagt einer der anderen Diener.

Auf Golinas Anweisung hin beginnt er damit, die Holzwand einzuschlagen. Bald wird erkennbar, dass hinter der Wand ein dunkler Raum liegt.

Als die Öffnung groß genug ist, greift sich Golina eine Fackel und tritt hindurch. Der Anblick, der sich ihr bietet, erschüttert sie zutiefst.

Eine Gruppe von Dorfbewohnern mit blassen Gesichtern steht in dem großen, finsteren Raum, in dem seltsamerweise ein Baum wächst. Sie blicken Golina stumm an. Manche halten sich die Hand vor Augen, als seien sie vom Licht geblendet.

Golina erkennt die Bäuerin Karo, die so hilfsbereit zu ihnen war, als Artrax das Dorf am Rand der Schlucht zerstört hatte und sie heimatlos waren. Doch in Karos Blick spiegelt sich kein Erkennen. Sie alle stehen offensichtlich immer noch unter dem Einfluss des Zaubertranks des Grafen, sonst hätten sie sich bestimmt längst durch Klopfzeichen und Hilferufe bemerkbar gemacht.

„Sie sind hier!“, ruft Golina. „Sie sind alle hier drin!“

Neugierig strömen nun auch die anderen Dorfbewohner in den geheimen Raum. Als letzter tritt Igor ein. Paul, der Wolf, bellt aufgeregt, als sei er stolz darauf, das Versteck entdeckt zu haben.

Margi umarmt ihre Freundin Karo, die jedoch nicht reagiert, sondern wie erstarrt stehen bleibt.

„Golina, lass sie an dem Stinktrank riechen!“, ruft sie.

Golina greift nach der Flasche mit der grünen Flüssigkeit, doch in diesem Moment erklingt eine gehässige Stimme: „Das solltet Ihr lieber sein lassen, meine Schöne!“

Sie erstarrt vor Schreck, als der Graf hinter dem Baum hervortritt, die Arme zum Zaubern erhoben.

„Komm bloß nicht auf die Idee, die Flasche nach mir zu werfen!“, droht er. „Sonst sind deine Freunde aus dem Wüstendorf tot, genau wie ihr!“

Golina bleibt wie angewurzelt stehen, unschlüssig, was sie tun soll.

„He, du da“, sagt der Graf und zeigt auf Karo. „Nimm ihr die Flasche ab und bring sie mir!“

Ohne dass Golina es verhindern kann, kommt Karo wortlos auf sie zu, nimmt ihr die Flasche aus der Hand und gibt sie dem Grafen. Nun ist die einzige Waffe, die gegen seinen Zaubertrank hilft, verloren.

Endlich erwachen die Bewohner des Dorfs am Rand der Schlucht aus ihrer Schreckstarre.

„Hilfe, der Graf!“, ruft Hakun.

„Rette sich, wer kann!“, brüllt Olum.

Sie versuchen, aus dem Geheimraum zu fliehen, doch Igor versperrt ihnen mit einer Axt in der Hand den Weg.

„Ihr bleibt schön brav hier!“, sagt er drohend.

„Gut gemacht, mein treuer Diener!“, lobt der Graf.

Golina wird kalt, als sie begreift, dass Igor sie hintergangen hat.

„Wo sind die Hexe und dieser lästige Primo?“, will der Graf wissen.

„Draußen im Wald, Herr. Sie suchen nach dem Versteck der Wüstendorfbewohner.“

„Da können sie lange suchen!“ Der Graf lacht gehässig. „Und wenn sie wiederkommen, wird sie eine hübsche kleine Überraschung erwarten. Hast du den Zaubertrank?"

„Ja, Herr."

„Dann gib ihnen davon zu trinken. Wir fangen am besten mit der widerspenstigen Schönen an."

„Niemals!", ruft Golina. „Ich werde nie wieder deine willenlose Dienerin sein, du widerliches Monster! Lieber sterbe ich!"

„Aber nein, du wirst nicht sterben, meine Schöne!", sagt der Graf grinsend. „Lebend bist du mir viel nützlicher. Du wirst deinen geliebten Primo in die Falle locken. Ihr beide da, haltet sie fest, während Igor ihr den Trank einflößt!"

Wumpus, der Priester des Wüstendorfs, und ein Bauer kommen mit starren Blicken auf Golina zu. Sie versucht, sich zu wehren, doch die beiden sind kräftiger als sie. Ein Tumult entsteht, als ihre Eltern und einige der anderen Dorfbewohner Golina zu Hilfe kommen wollen, doch der Graf beschwört zwei fliegende Geister mit Schwertern, die die Dorfbewohner in Panik versetzen und ihren Widerstand brechen.

Golina widersetzt sich mit aller Kraft, doch Igor zwingt sie, den Mund zu öffnen, und flößt ihr die dunkelrote Flüssigkeit ein.

Der Zaubertrank schmeckt erstaunlich gut - süß und fruchtig. Trotzdem versucht Golina, das Herunterschlucken zu vermeiden. Sie würgt und spuckt, doch Igor hält ihr die Nase zu, während er ihr noch mehr von der Flüssigkeit in den Mund gießt, so dass sie nicht anders kann, als sie herunterzuschlucken, wenn sie nicht ersticken will.

Der Trank erzeugt ein warmes Gefühl in ihrer Kehle, doch sonst geschieht seltsamerweise nichts. Der Raum verschwindet nicht hinter wabernden, halb durchsichtigen Nebeln, und sie kann sich immer noch an alles erinnern. Sie blickt verwirrt Igor an, der ihr zuzwinkert.

Golina begreift.

Mit starrem Blick stakst sie auf den Grafen zu. „Was ... was kann ich für Euch tun, Herr?“, fragt sie mit lieblicher Stimme.

Der Graf grinst. „Im Moment nichts. Ich werde später noch Verwendung für dich haben.“

„Seid Ihr sicher?“, fragt Golina. „Ich würde Euch so gerne dienen, mächtiger Herr.“ Während sie redet, geht sie mit gesenktem Blick langsam auf ihn zu. „Nichts würde mich glücklicher machen, als alle Eure Wünsche zu erfüllen.“

„Ja, ja, später, erstmal muss ich mich um die anderen kümmern“, sagt der Graf und schubst Golina grob zur Seite.

Als Paul das sieht, fletscht er die Zähne und springt den Grafen an.

„Töte dieses Mistvieh, Igor!“, brüllt der Graf.

Doch in diesem Moment packt Golina von hinten die Arme des Grafen und hält sie fest. „Helft mir!“, ruft sie. „Helft mir, diesen Übeltäter zu überwältigen!“

Die Dorfbewohner starren sie verdutzt an.

„Wie jetzt?“, fragt Olum. „Wirkt der Zaubertrank bei ihr nicht, oder was?“

„Vielleicht hat sie zu wenig davon getrunken“, spekuliert Hakun. „Wenn Igor ihr noch einen zweiten Schluck gibt, dann ...“

Während die beiden diskutieren, rangelt Golina mit dem Grafen, der versucht, seine Hände zu befreien, um zaubern zu können. Doch dann eilen Golinas Eltern ihr zu Hilfe, und schließlich stürzen sich auch die anderen auf ihn, bis der Graf unter einem ganzen Haufen von Dorfbewohnern begraben ist und sich nicht mehr rühren kann.

„Hier, knebele ihn damit“, sagt Igor und reicht Golina einen Fetzen seiner Dieneruniform, den er mit der Axt abgetrennt hat.

Golina stopft dem Grafen das Stück Stoff in den Mund, so dass er nicht mehr sprechen kann. Dann fesselt sie seine Arme mit einem Seil, das ihr einer der anderen Diener reicht.

„Los jetzt, wir müssen Igor überwältigen!“, ruft Hakun.

„Quatsch, der hat uns doch geholfen!“, widerspricht Olum.

„Unsinn, er ist ein Verräter!“

„Ja, aber er hat den Grafen verraten, nicht uns. Du kapierst aber auch gar nichts!“

„Hört auf, euch zu streiten“, mischt sich Golina ein. „Igor hat nur so getan, als würde er mir den Zaubertrank einflößen.“

Igor nickt. „Ich habe ihr reinen Wein eingeschenkt.“

„Aber warum?“, fragt Porgo.

„Ich wusste die ganze Zeit, dass der Graf sich hier versteckt hielt“, erklärt Igor. „Aber ich wusste auch, wozu er fähig ist. Niemand ist in der Lage, ihn mit roher Gewalt zu besiegen. Deshalb musste ich verhindern, dass es zu einem direkten Kampf kommt, sonst hätte es Tote gegeben. Die einzige Möglichkeit war es, ihn zu überlisten und ihn in Sicherheit zu wiegen, so dass Golina ihm nah genug kommen konnte, um ihn am Zaubern zu hindern.

Der Graf wälzt sich am Boden und gibt wütende Laute von sich, als er das hört.

„Warum hast du uns das nicht vorher gesagt?“

„Ich habe befürchtet, dass sich vielleicht jemand verplappern würde“, erklärt Igor mit Blick auf Olum und Hakun. „Zum Glück war Golina schlau genug, meinen Plan sofort zu durchschauen. Und geschickt genug, ihn auszuführen.“

„Ohne deine Hilfe hätten wir es nie geschafft, die Wüstendorfbewohner zu befreien“, sagt Golina. „Im Namen aller danke ich dir dafür!“

„Kann ich auch etwas von dem reinen Wein haben?“, fragt Olum, doch seine Bitte geht im Jubel der anderen unter.

Einen nach dem anderen lässt Golina die Wüstendorfbewohner an dem Stinktrank riechen. Als alle wieder einen klaren Kopf haben, umarmen sie ihre Retter.

Kurz darauf kommen Primo, Kolle, Willert und Ruuna aus dem Wald zurück.

„Wir haben sie leider nicht gefunden“, sagt Primo, als Golina und die anderen sie am Eingang des großen Hauses empfangen. „Ich fürchte ...“ Erst jetzt bemerkt er die Wüstendorfbewohner und den gefesselten Grafen. Er macht große Augen. „Was ... wie ...“

Nachdem er sich von seiner Überraschung erholt hat, erzählt Golina, was geschehen ist.

Er umarmt sie, drückt sie ganz fest an sich und gibt ihr einen langen Kuss. „Du bist die wahre Dorfbeschützerin!“, flüstert er.

„Können wir jetzt nach Hause gehen?“, erwidert sie. „Ich habe die Nase voll von dem fiesen Graf und seinem großen Haus!“

„Und was machen wir jetzt mit ihm?“, fragt Kolle und zeigt auf den gefesselten Magier.

„Wir müssen ihn töten“, meint Igor. „Wir können nicht riskieren, dass er ein anderes Dorf unter seine Kontrolle bringt. Außerdem könnte er uns mit seinen Zauberkräften angreifen, um sich an uns zu rächen.“

Die anderen stimmen zu. Doch Golina gefällt der Gedanke nicht, den hilflosen Mann zu töten, auch wenn er ein finsterer Zauberer ist, der umgekehrt nicht zögern würde, sie alle umzubringen.

„Ich glaube, ich habe eine bessere Idee“, sagt sie.

17. Das Festmahl

Die Sterne funkeln über der Wiese neben der Schlucht, wo ein großes Festbankett aufgebaut wurde. Golina und Primo sitzen am Kopfende. Selbst Magolus hatte nichts dagegen, ihnen diese Ehrenposition einzuräumen. Denn alle sind sich einig, dass die beiden diesmal gleich drei Dörfer gerettet haben: das Dorf am Rand der Schlucht, das Wüstendorf und das Dorf im fernen, fernen Osten, aus dem Igor, Boris und die anderen ehemaligen Diener des Grafen stammen. Nun sind sie alle hier versammelt, um den glücklichen Ausgang dieses Abenteuers zu feiern und endlich das Festmahl zu genießen, das ihnen versprochen wurde.

„Möchte der Herr vielleicht noch etwas Wein?" Die Gestalt in der dunklen Dieneruniform mit den goldenen Knöpfen sieht Primo erwartungsvoll an.

„Na gut", sagt Primo.

Der Graf schenkt ihm reinen Wein ein, dann setzt er seine Runde fort und füllt auch die Gefäße der anderen Gäste auf. Anschließend trägt er leckere gebratene Hähnchen und geröstetes Rindfleisch auf. Als einziger Diener hat er alle Hände voll zu tun, die Wünsche der vielen Gäste zu erfüllen, doch er gibt sich große Mühe. Fast hat Primo den Eindruck, es mache ihm Spaß. Der Zaubertrank des Grafen ist wirklich eine tolle Erfindung – jedenfalls, wenn derjenige, der ihn entwickelt hat, selbst davon trinkt!

„Das war eine gute Idee von dir, Golina“, sagt Primo. „So ein Diener ist wirklich praktisch.“

Im Hintergrund ist die schnarrende Stimme des Golems zu hören: „Tut mir leid, aber du bist nicht zu dem Festmahl eingeladen. Zurück in deine Höhle, Zombie!“ Dann hört man ein *Unngh*, als Asimov den ungebetenen Gast durch die Luft befördert.

„Und ihr wollt wirklich nicht bei uns bleiben?“, fragt Magolus Igor. „Unser Dorf könnte ein paar neue Bewohner durchaus gebrauchen. Dann wäre es noch wesentlich größer und bedeutender, als es ohnehin schon ist.“ Er wirft einen bedeutungsvollen Blick zu Wumpus, dem Priester des Wüstendorfs, der am anderen Ende der Festtafel sitzt.

„Das ist sehr freundlich von euch“, erwidert Igor. „Doch wir sind entschlossen, unser eigenes Dorf wieder aufzubauen. Gleich morgen brechen wir auf.“

„Wie wollt ihr denn den Weg dorthin finden?“, fragt Willert.

Igor hält ein Blatt Papier hoch. „Wir haben die magische Karte des Grafen. Sie wird uns den Weg weisen.“

„Aber was, wenn ihr unterwegs auf Nachtwandler, Knochenmänner und Knallschleicher trefft?“, erkundigt sich Margi besorgt.

„Keine Angst, wir haben unter dem Grafen gelernt, gegen Monster zu kämpfen. Immer wieder haben sie sich in das große Haus geschlichen, und wir mussten sie dann vertreiben. Ihr habt es ja selbst gesehen, als ihr das Haus besichtigt habt."

„Wenn ihr wollt, gebe ich euch noch ein paar Stinktränke mit auf den Weg", sagt Ruuna. „Die kann man immer gebrauchen."

„Dieses Haus, äh, das steht doch jetzt leer und wird quasi nicht mehr gebraucht, oder?", fragt Hakun.

„Willst du da etwa einziehen?", will Olum wissen.

„Was? Ich? Wie kommst du denn darauf? Ich dachte bloß, da ist eine Menge Platz, und es wäre doch schade, wenn man den nicht nutzen würde ..."

„Au ja!", ruft Nano. „Ich helfe dir auch, die Monster zu verhauen, die sich da in der Zwischenzeit eingenistet haben."

Hakun wird bleich. „Was? Monster? Nun, wenn das natürlich so ist, dann ... Außerdem, ich kann ja auch meine Kühe nicht unbeaufsichtigt lassen."

„Aber irgendwo müssen doch noch die Smaragde sein, die der Graf uns gegeben hat", meint Kaus. „Meine sind jedenfalls verschwunden."

„Meine auch", stimmt Olum zu.

„Ich fürchte, die habe ich wieder eingesammelt, während ihr alle im Anwesen wart", sagt einer der Diener. „Ich habe sie dem Grafen gegeben. Das ha ben wir auch bei den Wüstendorfbewohnern so gemacht."

Das löst einige empörte Rufe aus.

„He, Drakulus, was hast du mit unseren Smaragden gemacht?", fragt Kaus.

„Welche Smaragde, mein Herr?", fragt der Diener.

„Ach ja, er hat ja sein Gedächtnis verloren. So was Dummes aber auch!"

„Meinst du, das stimmt mit den Monstern?", fragt Hakun.

„Geh doch mal nachgucken", erwidert Kaus. „Und wenn keine da sind, kommst du und sagst uns Bescheid, dann können wir zusammen nach den Smaragden suchen."

„Ich hab eine bessere Idee: *Du* gehst hin und siehst nach, und dann sagst *du* uns Bescheid."

Primo stupst Golina an. „Die ändern sich nie", sagt er und lacht.

Doch Golina blickt verträumt ins Leere. „Meinst du ... meinst du, wir könnten unser Haus vielleicht etwas vergrößern?", fragt sie. „Nur ein ganz kleines bisschen? Wir könnten doch ein zweites Stockwerk oben drauf setzen, mit einer Treppe und einem kleinen Dachbalkon ..."

Primo lächelt schief. Die ändern sich nie, denkt er. Und das ist gut so!

ENDE

Hinweise zum Erkunden der Schauplätze dieses Buchs in Minecraft (PC-Version)

Wenn du beim Spielstart den Seed 100200300400500 eingibst, kannst du die Schauplätze in diesem Buch in der PC-Version von Minecraft besuchen. Die Koordinaten in der folgenden Tabelle helfen dir dabei.

Ort	X	Y	Z
Das Wüstendorf	-114	71	-941
Das Waldanwesen (Eingang)*	51.762	71	-7.153
Der geheime Raum	51.710	72	-7.133

*Dieses Waldanwesen habe ich als Vorlage für das Haus des Grafen in dieser Geschichte benutzt. Es könnte das ursprüngliche Gebäude sein, das Igor und seine Freunde für ihn bauen mussten (ihr Dorf ist ganz in der Nähe). Da es sehr, sehr weit im Osten liegt, habe ich die Handlung in den dichten Wald östlich der Wüste verlegt, die zwischen dem Wüstendorf und dem Dorf am Rand der Schlucht liegt (Position ungefähr X:490/Z:530). Wenn du das Waldanwesen besichtigen möchtest, empfehle ich dir, Minecraft im Kreativmodus zu starten und mit dem Befehl /tp direkt dorthin zu teleportieren.

In diesem Buch bist du der Held!

Der junge Nano träumt davon, eines Tages ein großer Abenteurer zu werden wie sein Vater Primo. Als das Ferkel Pixel vom Blitz getroffen wird und sich in einen Zombie-Pigman verwandelt, beschließt er, ihn zusammen mit seiner Freundin Maffi in den Nether zu begleiten. Nanos erstes großes Abenteuer beginnt …

Nanos Abenteuer ist das erste interaktive Abenteuer-Spielbuch in der Welt von Minecraft! Es ist in 333 Abschnitte unterteilt. Am Ende jedes Abschnitts entscheidest du, wie die Geschichte weitergeht. Aber Vorsicht: Überlege genau, welchen Weg du wählst, denn in Minecraft lauern überall Gefahren!

19089726R00090

Printed in Poland
by Amazon Fulfillment
Poland Sp. z o.o., Wrocław